口說語感立即養成！

8大情境片語 × 句型特製拉頁 × 真人美式發音MP3

最強英語會話

30句型

用400部歐美電影經典台詞，
練出關鍵英語對話能力！

尼克・威廉森　著
Nic Williamson

英語教學專家一致推薦

九粒Jolie｜自媒體創作者、英文命名學家

仙弟｜英文 x 插畫

浩爾｜英文名師

賓狗｜知名英文教學 Podcast 主持人

蔡世偉｜英文補教名師、知名譯者

（依筆畫排列）

好評推薦

九粒Jolie －自媒體創作者、英文命名學家

想要英文更道地？你一定不能錯過這本書！別再死背單字、糾結文法啦！想要口說嚇嚇叫，最重要的就是要學會套用句型！這本書除了有超完整的句型解釋讓你輕鬆記憶，還附上了八大情境讓你人生處處都英利（英文流利）！英文要學好，就是要利用情境式學習才能變身ABC！

仙弟－英文 x 插畫

語言是拿來用的，而不是只有課本上文謅謅的單字片語，我在加拿大工作的時候，才深深覺得自己的日常用語非常不足。但英文其實不難，只要記住簡單幾個用法再去延伸，就可以應用到日常生活80-90%的句型，我很喜歡《最強英語會話30句型》，這本書採用公式化教學，把生活英文變得更簡單好上手！

英文名師 浩爾

要學好英文口說，「起手式」一定要熟悉到像是膝反射。這本書整理出了非常好的口說句型。別再「看」了，現在就開口練習吧！

知名英文教學 Podcast 主持人－賓狗

很多同學對於背單字感到非常頭痛，卻能把喜愛的影集中的名句唸得琅琅上口。本書邀請讀者從實用句型學起，再回頭認識適合放進句型的新單字及片語，如果這樣的學習方式能夠為你帶來怦然心動的感覺，或許本書會是你學習路上的最佳學伴！

本書中所有例句的音檔，
皆可從以下連結免費下載！

音檔是由專業播音員錄製（美國女性）。
馬上掃描以下 QRcode，將音檔下載到手機或電腦裡，
隨時隨地進行聽力練習吧！

您也可以直接私訊「閱讀再進化」FB粉絲團索取。
https://www.facebook.com/1620regenerated

前言

你該記的不是文法跟單字，而是「句型」！

　　你好，我是Nic，感謝你願意翻開這本書。會對這本書有興趣的讀者，應該都是曾經在課堂上和同學肩並肩地一起學英文，但卻還是沒辦法說出一口流利英語的人吧。

　　我一開始學日文的時候，也跟大家一樣，是以文法為主軸來學習。即使是超簡單的日文，要一句句說出口時，也得一邊思考眾多的文法項目。

　　例如，如果我想說出「如果你不想去的話，不去也沒關係」這種相當簡單、日常生活中常見的句子，就得先從文法開始思考：
- 「想」→加上否定詞「不」就是「不想」
- 「不想」加上動詞「去」→就是「不想去」
- 「不想去」加上假設語氣「如果～的話」→就是「如果不想去的話」
- 「去」→加上否定詞「不」就是「不去」
- 「不去」加上「沒關係」→就是「不去沒關係」
- 「不去沒關係」加上副詞「也」強調→就是「不去也沒關係」

　　如同前述，就連這種簡單到不行的會話，也得思考一大堆文法項目。我想不管是再怎麼聰明伶俐的人，如果得一邊講，一邊思考這些，肯定也說不出話來吧。而且，大多數的會話情境下，是沒有時間讓你想這些的。

　　不過，只要記住

　　| 如果不想～的話 |　　| 「不～也沒關係」 |

　　這些「句型」，就可以輕輕鬆鬆講出各種句子。各位母語人士覺得哪種方式比較親切呢？應該還是「句型」沒錯吧。英語的母語人士當然也是如此。沒有人會邊思考一項又一項的文法邊講話。

「如果不想～的話」，可以加入「去」、「說」、「喝」等動詞。「不～也沒關係」同樣可以加入「去」、「說」、「喝」等動詞。如果拿英語當作例子，只要記得有些分句就放「原形」、有些分句就放「動詞ing」，有些分句就放「過去分詞」。你不需要思考「為什麼要用原形？」、「為什麼要加ing？」直接記住「這裡用原形」、「這裡用ing」就好了。

把加進「句型」裡的動詞「整組」記起來吧！

如果一開始就把「go home」當作一個片語來記，就能輕鬆使用；但如果分開思考「go」跟「home」，你可能就會開始出現各種疑惑：「中間到底要不要加to？」、「需要加上my嗎？」這些疑惑，正是讓你「腦袋裡明明就知道，嘴巴卻講不出來」的原因所在。

像拼拼圖一樣，將「句型」與「整組動詞」相互組合

你不用思考「兩個ing可以相連嗎？」這種多餘的事，只要直接將A（句型）和B（動詞團）相互組合，必定能構成正確的英文。

例如：將「I've been ＿＿ing」與「go drinking」相互組合，就會變成「I've been going drinking.（我最近很常去喝酒）」這個句子。兩個ing相連是正確的文法。

I've been ＿＿ing

　　　　↑　　　↑
　　　go　　drinking ＝ I've been going drinking.

只要直接像拼拼圖一樣加以組合，就能拼出正確的英文。

活用句型，進一步提升你的英語表達能力！

習慣這種方法之後，就可以進一步應用句型。只要替換主詞，不但可以表達自己的事，也能夠用來表達別人的事；再改成否定句的話，還能讓表達變得更豐富。

例如「基本句型1」的這個例句

I'm going to order a pizza.（我要點一個披薩。）

➡ 替換主詞

　　He's going to order a pizza.（他要點一個披薩。）

➡ 改成否定句

　　I'm not going to order a pizza.（我可不會點披薩。）

➡ 替換主詞，並改成否定句

　　He's not going to order a pizza.（他可不會點披薩。）

只要把句子改成否定句（句型2），就能變化出各式各樣的說法。

讓你連說夢話都開始說英語！
唸出聲音，把A＋B逐步組裝起來吧！

　　本書分析了歐美超過400部電影的台詞，集合所有最常出現的句子和經典名句。光用讀的方式理解還不夠，請使用本書前面附上的「溜英語特製拉頁」，一邊唸出聲音、一邊把A＋B逐步組裝起來吧！英語想要說得溜，就要自己慢慢練習開口說。比起重複別人寫好的例句，最好的練習就是自己一邊組裝句子、一邊開口講，這樣才能讓你不只嘴巴會說，大腦也能跟著習慣。我也是透過這樣的方式學會說日語，希望你也務必試試看。

　　接下來，就跟著本書一起練習，自然而然說出一口溜英語吧！

尼克‧威廉森（Nic Williamson）

CONTENTS

PART 1 只要30個句型 就能精通英語會話!

本書的閱讀與使用方法

「基本句型」的部分會以紅字標示。

I'm going to <u>fall asleep.</u>

「超實用片語」的部分會劃上紅色底線。

● 其他慣用語會劃上黑色底線，並在首次出現的時候說明意思。

●「超實用片語」在目錄內是依照英文字母順序排列。不過，get transferred、get divorced、get married 等片語，則各自收錄於 transfer、divorce、marry 的內文中。

● 可替換的單字會以括號 [ ] 標示。
　例：see a movie [play]

● 書前的「溜英語特製拉頁」中，刊載了「基本句型」和其否定句，以及「超實用片語」。

現在式與現在進行式

「一直以來的習慣」和「現在正在做的事情」

你覺得現在式就是「現在正在做的事」嗎？其實並不是這樣。「現在式」是基礎文法中的基礎，絕大多數人卻都對它有所誤解。此外，很多人會覺得「把『在～（做某事）』換到英語裡就是現在進行式」；但我們不該拿英語配合自己的母語，而是該去配合英語的感覺來使用。

現在式是用來表示「一直以來的習慣、一般情況」

現在式跟你當下是否正在做那個動作無關，使用方法如下。

I work. (我現在有工作。)

I don't work. (我現在沒工作。)

Do you work? (你現在有工作嗎?)

Where do you work? (你現在在哪裡工作（高就）？)

現在進行式是用來表示「實際上『現在』正在做的事情、暫時的情況」

由「be + -ing」構成的現在進行式，是用來表示實際上「現在」正在做的事情，或是暫時性的動作。使用方法如下：

I'm working. (我現在正在工作。)

I'm not working.（我現在沒在工作。）

Are you working?（你現在在工作嗎？）

Where are you working?（你現在在哪裡工作？）

例句1

I go to the gym. （我有在上健身房。）

　因為「上健身房」是「一直以來的習慣」，所以使用現在式。並不是「在～（做某事）」，在英語裡就用「-ing」。

I'm going to the gym. （我要去健身房。）

　「要去」就是「現在就要go的當下」對吧。「現在正在做的事情」，就要用現在進行式。「在～（做某事）」有時候是指「常做的事」，有時候是指「正在做的事」。請不要被自己的母語混淆，先判斷內容，分清楚到底是「常做的事」還是「正在做的事」吧。

例句2

I wear glasses. （我通常會戴眼鏡。）

　雖然這是現在式，但無論你當下有沒有戴眼鏡，這句話都成立。由此可見，現在式跟你「現在」有沒有在做這件事一點關係都沒有。

I'm wearing glasses. （我現在正在戴眼鏡。）

　這個句子是現在進行式，所以是表示「正在戴上眼鏡」的意思。或許講話的人平常沒在戴眼鏡，只有現在才戴眼鏡。現在進行式跟「一直以來」的習慣沒關係，只是用來表達「現在這個瞬間」。

I work at home. (我通常在家上班。)

　　這個句子是現在式，指的是「一般情況」。你無法從這個句子判斷他當下有沒有在上班，或是今天有沒有上班。

I'm working at home. (我今天在家上班。)

　　這個句子是現在進行式，指的是僅限「現在」或「今天」發生的事情。完全不會牽涉到這個人平常到底是怎麼做。

I live in Shinjuku. (我住在新宿 (長期居住)。)

　　住處不會每天改變，所以長期「住在～（某處）」是「一般情況」，使用現在式。

I'm staying in Shinjuku. (我住在新宿 (短期投宿)。)

　　短期「住在～（某處）」是暫時性的情況。「暫時的情況」就用現在進行式表達。

否定句的情況下如何正確區分使用

例句5

I don't work. （我現在沒工作。）

　　「我現在沒工作」就等於「平常沒在工作」對吧。「平常沒在做的事」就用現在式的否定句。

I'm not working. （我現在沒在工作。）

　　這是指「現在」是否正在工作，所以使用現在進行式的否定句。

例句6

I don't wear make-up. （我通常都素顏。）

　　這是指「我是個平常不化妝的人」的意思，用來表現一直以來的習慣。因為是現在式，所以是表示「一般情況下不會做」的事情。現在式跟「現在的事情」無關，所以就算當下頂著大濃妝，也可以說「I don't wear make-up.」（我通常都素顏。）

I'm not wearing make-up. （我現在是素顏。）

　　因為是現在進行式，指的是「現在這個當下沒有化妝」。無法得知平常到底有沒有在化妝。

I don't drive. (我平常沒在開車。)

　　現在式是用來表示「通常沒在開」的意思。因為現在式只用來表達「一般情況」，所以舉例而言，你也可以邊開車邊說「我平常沒在開車」。

I'm not driving. (我今天沒有開車。)

　　這句英語常用在「我今天沒有開車，可以去喝一杯」這樣的情境下。反過來說，「我今天有開車，沒辦法喝酒」也是用現在進行式「I'm driving.」。現在進行式除了用來表達「現在這個當下正在做的事」，也可以用來表達「暫時的情況」；所以不管當下是否正在開車，此時都可以用來表示「今天有／沒有開車」的意思。

疑問句的情況下如何正確區分使用

Do you cook? (你平常會煮飯嗎?)

　　因為是現在式，所以不是在問「你現在正在煮飯嗎？」而是在問「你平常會煮飯嗎？」如果想詢問對方「是否有～的習慣？」就要使用現在式。

Are you cooking? (你現在在煮飯嗎?)

　　「你現在正在煮飯嗎？」的意思。當你想詢問對方「你現在在～（做某事）嗎？」就可以使用現在進行式。

What do you do? (你現在從事哪種工作呢?)

　　這是詢問對方職業時的問法。為什麼明明沒有用到「job」或「work」等單字,卻是用來詢問對方的職業呢?因為這是表示「一般情況」的現在式,用來表達「你本人現在是在做什麼事情呢?」

What are you doing? (你現在在做什麼?)

　　這是詢問「當下的事情」的現在進行式。順帶一提,光用現在進行式就能表示「當下的事」,不必特別加上「now」。很多人都不會加。

看看現在式的其他例句吧

我每個禮拜六都會打網球。

I play tennis on Saturday.

我通常都是7點起床。

I get up at 7.

我每一年都會去滑雪。

I go skiing every year.

我禮拜三都會比較早下班。

I get off work early on Wednesdays.

「get off work」是用來表示「下班」的慣用語。

我每個禮拜會煮三次飯。

I cook 3 times a week.

我不抽菸。

I don't smoke.

我完全沒在看電視。

I don't <u>watch TV</u>.

我完全沒在運動。

I don't <u>work out</u>.

你喝酒嗎？

Do you drink?

你很常來這裡嗎？

Do you come here often?

你住在這附近嗎？

Do you live near here?

你住在哪裡呢？

Where do you live?

你通常會去哪裡玩？

Where do you <u>hang out</u>?

「hang out」有「出去玩」的意思。

你通常幾點下班呢？

What time do you <u>get off work</u>?

(敬請參照P.019)

你喜歡什麼樣的音樂呢？

What music do you like?

看看現在進行式的其他例句吧

我正在看電視。

I'm watching TV.

我正在吃晚餐。

I'm having dinner.

我正在找工作。

I'm looking for a job.

我暫時搬回老家住。

I'm living with my parents.

我今晚不喝酒。

I'm not drinking tonight.

我不是在開玩笑。

I'm not kidding.

我不打算談這件事。

I'm not talking about that.

你現在是戴了隱形眼鏡嗎？

Are you wearing contacts?

你現在跑去哪裡玩了？

Where are you hanging out?

（敬請參照P.020）

你現在在跟誰一起吃飯？

Who are you having dinner with?

注意！ 也有例外的情形

有些動詞即使是表達「當下的事情」，也會使用現在形──「have」跟「be」就是其中的代表。

例如，如果要說「我頭很痛」，就會說「I have a headache.」這並非表示一直以來的情況，而是指「我現在頭很痛」，但卻不會說成「I'm having a headache.」此外，「我餓了」則會說「I'm hungry.」。這是表示「我現在正餓」，但也不會使用現在進行式「I'm being hungry.」還有其他動詞也是如此，不過在此就請先特別記住這兩個例外的動詞吧。

我們常會從「I have a pen.」或「I'm hungry.」這樣的句子開始學英文。也就是說，我們竟然是從那些例外開始學習英文的基礎。這也難怪會時常混淆了！

未來式

3種未來式

　　當你想表達「未來的事情」的時候，每次都是用「will」嗎？每次都用「will」，講出來可能會有一半都是錯的。英語中表達未來的說法有三種：「will」、「be going to」，以及前面稍微提到過的「be + -ing 的現在進行式」。要使用哪種說法，取決於語感上的差異。

I'll play tennis tomorrow.（will）

I'm going to play tennis tomorrow.（be going to）

I'm playing tennis tomorrow.（現在進行形）

就用「be going to」來說吧

　　先講結論，上述三種未來式母語人士全都會使用，不過我特別推薦各位英語學習者記住「be going to」的用法。「will」跟「現在進行式」都牽涉到特別的語感，不是任何情況下都能使用。不過，唯有「be going to」用在任何情況下都不奇怪。

　　在需要開口進行英語會話時，通常沒有可以讓你慢慢思考的時間。如果腦子裡得先左思右想一番，嘴巴可能就說不出話來。勝負取決於你能將思考的時間壓到多低。只要先決定好都用「be going to」表達未來的事，就能讓你想說的話更容易脫口而出。

雖說如此，我想還是有許多人很在意其中差異，下面就為你解說「will」和「現在進行式」的正確使用方式吧。

will與現在進行式的差別在於，未來的事情是否已經「事先決定好」

will帶有「當下決定」的語感，換句話說就是「那就這樣做吧」的感覺。用於依據對話的脈絡當場做決定的時候。未來不明確的事也會使用「will」。

現在進行式則是用來表示「之前已經決定好的」未來的事情。換句話說就是「想要～（做某事）」的意思。用來向對方傳達已經事先安排好的事情。

例如，「我明天要工作」的說法是：

I'm working tomorrow.

因為「我明天要工作」這件事已經事先決定好，所以就不是用「will」，而是用「現在進行式」。不會說成「I'll work tomorrow.」

「明年就要30歲了」的說法則是：

I'm turning 30 next year.

什麼時候會變成30歲是已經決定好的事情。如果講成「I'll turn 30 next year.」聽起來就會像是「好喔，那我明年就變成30歲吧」，彷彿當場做出決定一樣。不管是多麼遙遠的未來，已經決定好的事情就不能用「will」，而是要用「現在進行式」。

「那我等下打給你」的說法則是：

I'll call you later.

這是隨著對話脈絡當場下的決定，因此使用「will」。如果說成「I'm calling you later」，就會讓人覺得好像是「一直在盤算著等下要打給你」，

語感會變得有點嚇人。不管是時間多麼近的未來,只要沒有事先做好決定,就是使用「will」;事先決定好的事情,就是用現在進行式。

「我好像快迷路了」的說法是:

I'll get lost.

因為不確定自己未來是否真的會迷路,所以使用「will」。如果在這裡使用現在進行式,聽起來就會像「明天是迷路的日子」,彷彿把迷路這件事排進行事曆一樣,令人感到違和。

再舉個例子,當有人邀請你去看電影,但你已經有其他安排而想拒絕的時候,就該使用現在進行式。如果使用「will」,那就會變得很失禮了。

A ：明天要不要去看電影?

Do you want to see a movie tomorrow?

B：明天我已經安排要打網球了。
I'm playing tennis tomorrow.

B：那我明天就去打網球吧
I'll play tennis tomorrow.

用「be going to」就能表達各種未來的事，所以可以把前面的例句都改用以下方式表示

I'm going to work tomorrow. (事先決定)

I'm going to turn 30 next year. (事先決定)

I'm going to call you later. (當場決定)

I'm going to get lost. (還沒決定)

I'm going to play tennis tomorrow. (事先決定)

不管哪個句子都是對的！不用詳細區分如何使用就能解決，能夠讓你省事許多。總而言之：

每次都用「will」，有一半情況會講錯；

每次都用「現在進行式」，也有一半情況會講錯；

每次都用「be going to」，就完全不怕講錯了！

當你不知道如何表達未來的事時，就用「be going to」吧！

這裡告訴各位的內容，國內幾乎沒有人知道；但在全世界最暢銷的英文文法書《劍橋活用英語文法》(English grammar in Use)也都寫得一清二楚。

- We use "I'll" when we've just decided to do something.
  (「『will』是用於表達當下才決定的未來安排」 該書 p42)

- Do not use "will" to talk about what you decided before.
  (「對於事先決定好的未來安排，則不使用 will」 該書 p42)

- I'm doing something tomorrow = I have already decided and arranged to do it.
  (「對於事先決定好的未來安排，應使用現在進行式」 該書 p42)

不如這樣吧。

I'll tell you what.

這也是個慣用語。因為是當場決定，所以使用「will」。

我明年要搬去紐約。

I'm moving to New York next year.

不管是多遙遠的未來，只要是事先決定好，就用現在進行式。

我也要跟你一起去。

I'll go with you.

對朋友說「我要去某個地方」，朋友當場決定「那我也跟你一起去好了」，就用「will」。

我下個月要結婚了。

I'm getting married next month.

如果用成「will」，就會變成「那我下個月就去結婚吧」的意思，會讓人嚇一跳，覺得「怎麼突然那麼急？」

我不會跟任何人說的。

I won't tell anyone.

對朋友說「我要去某個地方」，朋友當場決定「那我也跟你一起去好了」，就用「will」。

下禮拜就發薪水了呢。

I'm <u>getting</u> <u>paid</u> next week.

發薪日是已經決定好的，所以使用現在進行式。

那我來洗盤子吧。

I'll <u>do the dishes</u>.

當有人說「我煮飯給你吃吧」的情況下，就可以回覆對方「那我來洗盤子吧」。因為是當場決定的事，所以用「will」。

我明天不去上班喔。

I'm not working tomorrow.

可能會下雨喔。

It'll probably rain.

使用「maybe（或許）」、「probably（可能）」、「I think（我覺得）」的時候，因為對未來的事不確定，所以就用「will」。你可能常聽到「will裡面包含個人意志」的錯誤解說。雨當然是沒有意志的，但說英語的時候就是要這樣說。

她可能會生氣。

She'll get angry.

她接下來到底會不會生氣，都只是自己的推測，所以是不確定的未來，要用「will」。

他或許不會來。

He won't come.

「或許不會」也僅僅是自己的推測，不確定的未來就要用「will」。

PART

1

只要30個句型
就能精通
英語會話!

在PART1中,
將為你介紹母語人士在日常會話中最常用到的30個基本句型。
首先,就從反覆練習、好好記住這30個句型開始吧!
練習時,別忘了活用書前所附的「溜英語特製拉頁」。

be going to

的相關表達

這裡再來複習一次，未來式可以分為下列三種：

①will **②be going to** **③現在進行式**

「will」是用來表達「當下決定的是（那就這樣坐吧）以及「不確定的未來」（可能·或許）。「已經事先決定好的安排」不會用「will」，而是用「現在進行式」。這兩者必然要區分使用。

will I'll play tennis tomorrow.
「那我明天就去打網球吧。」

現在進行式 I'm playing tennis tomorrow.
「我明天已經安排好要打網球了。」

如果使用「be going to」，就不用如此麻煩地區分其中差異，可以輕鬆解決。不管是當下決定的事、事先決定好的安排、不確定的未來，包括「打算」、「可能會」等等，只要是講到未來的情況，它不管用在哪裡都不奇怪，是唯一通用的未來式！

寫是寫成「be going to」，但口語上通常發音成「gonna」。不管是年輕人、老人、美國人、英國人或是英國貴族，大家都是這樣發音，所以還請安心使用。只要習慣發音，聽力也會變得更好喔！

I'm going to ～

我要～‧我打算～‧我可能會～

不管是當下決定的未來、事先決定好的安排，或是不確定的未來，包括「打算」、「可能會」等等。只要是講到未來的事情，任何情況下都適用的唯一一個未來式。使用方式只需要在後面加上原形動詞。實際進行會話時，「going to」的部分多會縮讀成「gonna」。

I'm going to

go home.
我要回家了。

order a pizza.
我打算點個披薩。

be late.
我可能會遲到。

call you later.
我等下打給你。

根據情境分類的超實用例句

日 常

我快要睡著了。
I'm going to fall asleep.

我打算拒絕。
I'm going to say no.

工 作

我打算換工作。
I'm going to change jobs.

我快要達標了。
I'm going to hit my target.

戀 愛

我打算約她出去。
I'm going to ask her out.

我要跟他結婚。
I'm going to marry him.

換個主詞說說看

　　試著把I'm的部分替換成「He's」、「She's」、「It's」、「You're」、「We're」、「They're」，講述自己以外的情況吧。

日常

他要去提個款。

He's going to get money out.

可能會下雨。

It's going to rain.

家事

我們來做晚餐吧。

We're going to make dinner.

她要出去遛狗。

She's going to walk the dog.

出遊

我們打算邀他們來家裡作客。

We're going to have them over.

他們應該會帶我一起出去玩。

They're going to take me out.

加入not改成否定說說看

　　「I'm not going to ～」是用來表現「我不會～・我不打算～・我可能做不到～」的意思。「not going to」的發音通常會縮讀為「not gonna」。

日常

我不會賴床的。
I'm not going to <u>sleep in</u>.

應該不會下雪。
It's not going to <u>snow</u>.

戀愛

我想你不會出軌的。
You're not going to <u>get cheated on</u>.

他們不會分手的。
They're not going to <u>break up</u>.

工作

我不打算獨立創業。
I'm not going to <u>go out on my own</u>.

我們可能會趕不上死線。
We're not going to <u>meet the deadline</u>.

Are you going to ～?

你要～嗎？‧你打算～嗎？‧你會～嗎？

　　關於未來的一切疑問，全都可以用這個句型解決。只要在後面加上原形動詞即可。試著將語尾上揚說說看吧。

Are you going to

+ go?
你要去嗎？

+ invite Dave?
你打算邀戴夫嗎？

+ bring anyone?
你會帶人來嗎？

+ work tomorrow?
你明天要工作嗎？

根據情境分類的超實用例句

日常

你要叫外送嗎？

Are you going to <u>order in</u>?

你要換一下衣服嗎？

Are you going to <u>get changed</u>?

健康

你會接受手術嗎？

Are you going to <u>have an operation</u>?

你打算鍛鍊身體嗎？

Are you going to <u>stay in shape</u>?

戀愛

你是打算吊我胃口嗎？

Are you going to <u>play hard to get</u>?

你打算和好嗎？

Are you going to <u>make up</u>?

換個主詞說說看

　　試著把 Are you 這塊替換成「Am I」、「Is he」、「Is she」、「Is it」、「Are we」、「Are they」，進一步拓展提問的範圍吧。

工作

我會被開除嗎？

Am I going to get fired?

他要升職了嗎？

Is he going to get promoted?

戶外

她要去滑雪嗎？

Is she going to go skiing?

我們要去露營嗎？

Are we going to go camping?

戀愛

他們兩個會結婚嗎？

Are they going to get married?

她會得到一半的財產嗎？

Is she going to get half?

加入 not 改成否定說說看

應用

「Aren't you going to ～?」帶有「什麼？你不打算～嗎？」的少許詫異語氣。

日常

你不打算洗手嗎？

Aren't you going to wash your hands?

你不打算道歉嗎？

Aren't you going to <u>say sorry</u>?

家事

你不打算晾衣服嗎？

Aren't you going to <u>hang out the laundry</u>?

你不打算倒垃圾嗎？

Aren't you going to <u>take out the trash</u>?

出遊

你沒有要一起搭計程車嗎？

Aren't you going to <u>share a taxi</u>?

你不打算出去走走晃晃嗎？

Aren't you going to <u>go sightseeing</u>?

加上What/Where/Who/When/How等疑問詞說說看

「are you going to ～?」前面也可以加上What/Where/Who/When/How等疑問詞。這樣就能用來表達各式各樣的事情。用What/Where/Who等疑問詞開始的句子，語尾記得要下降。

日常

你要去哪裡呢？

Where are you going to go?

你要怎麼去呢？

How are you going to get there?

家事

你打算什麼時候煮晚餐呢？

What time are you going to make dinner?

你打算帶小狗去哪裡散步呢？

Where are you going to walk the dog?

出遊

你要去哪裡喝酒呢？

Where are you going to go drinking?

你要跟誰出去玩呢？

Who are you going to go out with?

加上What/Where/Who/When/How等疑問詞，再換個主詞說說看

應用

把「are you」這塊替換成「am I」、「Is he」、「Is she」、「is it」、「are we」、「are they」說說看吧。

日常

他幾點會來呢？

What time is he going to come?

我們要吃什麼好？

What are we going to eat?

戀愛

他倆打算什麼時候結婚呢？

When are they going to <u>get married</u>?

她要跟誰結婚呢？

Who is she going to <u>marry</u>?

出遊

我們什麼時候要去海邊玩？

When are we going to <u>go to the beach</u>?

他們要去哪裡打高爾夫呢？

Where are they going to <u>play golf</u>?

I was going to ~

我原本打算~

　　這是「I'm going to」的過去式。將「be going to」改成過去式，就會變成「原本打算~（做某事）」的意思。用於「原本打算~，但沒做到」的時候。不管是有意識地變更預定事項的情況，或是搞錯、忘記的情況，都會用上這個句型。實際對話時，發音多會縮讀為「gonna」。

I was going to

+ **tell you.**
（but I forgot）

我原本想告訴你的。(但忘記了)

+ **play golf.**
（but it rained）

我原本要去打高爾夫的。(但下雨了)

+ **buy it.**
（but it was sold out）

我原本要買下它的。(但賣完了)

+ **cook.**
（but I was too tired）

我原本要煮飯的。(但我太累了)

根據情境分類的超實用例句

日常

我原本打算直接回家的。（但是跑去喝了一杯）

I was going to go straight home.
(but I went drinking)

我原本打算沖個澡的。（但是沒有時間）

I was going to take a shower.
(but I didn't have time)

家事

我原本打算幫花園澆一下水的。（但是忘記了）

I was going to water the garden.
(but I forgot)

我原本打算洗衣服的。（但是下雨了）

I was going to do the laundry. (but it rained)

健康

我原本打算減重的。（但是沒成功）

I was going to lose weight. (but I couldn't)

我原本打算去看牙醫的。（但是沒時間）

I was going to go to the dentist.
(but I didn't have time)

換個主詞說說看

「I / He / She」一樣是用「was going to」，不過「You / We / They」則是用「were going to」，還請注意。

出遊

我們原本打算去派對的。（但是取消了）

We were going to have a party.
(but it got canceled)

他原本打算帶我們出去的。（但是他感冒了）

He was going to take us out.
(but he got sick)

戀愛

我們原本打算結婚的。（但是我們分手了）

We were going to get married.
(but we broke up)

她原本打算甩了他的。（但後來沒有）

She was going to dump him.
(but she didn't)

工作

我們原本打算按規矩來。（但後來靠創意完成了）

We were going to do it by the book.
(but we got creative)

他原本打算早點完成工作的。（但還是加班了）

He was going to finish work early.
(but he did overtime)

加入 not 改成否定說說看

　　「I wasn't going to ～」是用來表現「原本沒打算這樣做（但卻這樣做了）」的意思。如果是「I / He / She」，一樣用「wasn't going to」；如果是「You / We / They」，則是用「weren't going to」。

出遊

我原本沒打算搭計程車的。（但是錯過末班車了）

I wasn't going to <u>get a taxi.</u>
(but I missed the last train)

我們原本沒打算去夜店的。（但是去了）

We weren't going to <u>go clubbing.</u>
(but we did)

戀愛

我原本不打算跟他結婚的。（但是他改變了我的心意）

I wasn't going to <u>marry him.</u>
(but he changed my mind)

他原本沒打算勾搭她的。（但是他醉了）

He wasn't going to <u>hit on her.</u>
(but he was drunk)

工作

我們原本沒打算接待他們的。（但是不得不去）

We weren't going to <u>wine and dine them.</u>
(but we had to)

我原本沒打算便宜行事的。（但是我們沒時間了）

I wasn't going to <u>cut corners.</u>
(but we didn't have time)

SVO Part1 英語單字的位置很重要

講到英語的基礎文法，大家都知道是SVO。
只要按照 S（主詞）、V（動詞）、O（受詞）的順序，就能構成句子。

例如：

　　　　I learn English.（我正在學英語）

我們一起看看這個句子吧。其中learn是動詞。

放在動詞左邊的稱為「主詞」，有「主要動作者」的意思。

　　　　I learn English.
主詞 我學

放在動詞右邊的稱為「受詞」，有「接受動作者」的意思。

　　　　I learn English.
　　　　　　英語（被學）　**受詞**

英語中沒有像日語一樣的格助詞[1]，所以必須用位置來表示。放在動詞左邊的就是「主要動作者」，放在動詞右邊的就是「接受動作者」。

因此，

　　　　English learns I.

如果把順序像這樣顛倒，就會變成「英語學我」，意思就不通了。

[1] 譯注：日語因為有「が」、「を」等格助詞的關係，即使單字順序調動，句子意思也不變。

want

的相關表達

「want to ～」除了「想～」的意思，還有各式各樣的用法。寫的時候寫成「want to」，實際對話時如果說得快一點，發音常會縮讀為「wanna」。為了能進一步聽懂母語人士的英語，儘量去習慣這樣的縮讀發音吧。

為了能習慣，最好的方式就是自己也用這樣的方式發音。寫的時候就寫「want to」，說的時候就說「wanna」，這是很自然而然的事。

「want to」後面只需要加上原形動詞就好，非常簡單。

I want to ～

我想要～

　　寫的時候寫成「want to」，發音則通常會縮讀為「wanna」。後面只需要加上原形動詞就好。

I want to

go home.

我想回家。

see you.

我想見你。

talk to him.

我想跟他說話。

go somewhere.

我想出去一下。

根據情境分類的超實用例句

健康

我想減重。
I want to lose weight.

我想紓壓一下。
I want to get rid of stress.

戀愛

我想離婚。
I want to get divorced.

我想被求婚。
I want to get proposed to.

工作

我想要延期。
I want to move it back.

我想要獲利。
I want to turn a profit.

應用 換個主詞說說看

　　如果是「I / You / We / They」，一樣用「want to」；如果是「He / She」，則是用「wants to」，要加上「s」。加「s」的時候就不發音成「wanna」，而是用原本的發音「wants」。

日常

他們想待在家裡。

They want to <u>stay home</u>.

她想去剪頭髮。

She wants to <u>get a haircut</u>.

戶外

我們想去玩水肺潛水。

We want to <u>go scuba-diving</u>.

他想去玩帆船。

He wants to <u>go sailing</u>.

戀愛

她想搞曖昧。

She wants to <u>play games</u>.

他們想被搭訕。

They want to <u>get picked up</u>.

加入 don't 改成否定說說看

　　「I don't want to ～」用來表示「我不想～」。如果是「I / You / We / They」，一樣用「don't want to」；如果是「He / She」，則是用「doesn't want to」。

出遊

他們不想一起搭計程車。
They don't want to share a taxi.

他不想請她吃晚餐。
He doesn't want to buy her dinner.

戀愛

我不想吵架。
I don't want to have a fight.

她不想被耍得團團轉。
She doesn't want to get led on.

受害

我不想被當盤子。
I don't want to get ripped off.

他不想遇到扒手。
He doesn't want to get pickpocketed.

Do you want to ～?

你要一起～嗎？

　　如同字面，有詢問「你想～嗎？」的意思，也用於邀請對方的時候，如「要不要一起～？」「你要一起嗎？」這是邀請別人時最常用到的英語句子，說的時候請試著將尾音上揚吧。

Do you want to

speak English?

你要用英語講嗎？

invite Dave?

你要邀邀看戴夫嗎？

eat something?

你要吃點東西嗎？

come over?

你要來我家嗎？

根據情境分類的超實用例句

出遊

你要去兜風嗎？
Do you want to <u>go for a drive</u>?

你要去看電影嗎？
Do you want to <u>go to the movies</u>?

戶外

你要去玩單板滑雪嗎？
Do you want to <u>go snowboarding</u>?

你要去釣魚嗎？
Do you want to <u>go fishing</u>?

工作

你要停損了嗎？
Do you want to <u>cut our losses</u>?

你要開個會嗎？
Do you want to <u>have a meeting</u>?

加上 What/Where/Who/When/How 等疑問詞說說看

「Do you want to～?」前面也可以加上What/Where/Who/When/How等疑問詞。這樣可以用來表達更多種意思。前面是What/Where/Who等疑問詞開頭的問句，尾音記得要下降。

日常

你想要做什麼？
What do you want to do?

你要怎麼去那裡？
How do you want to get there?

你想要吃什麼？
What do you want to eat?

你想要談什麼？
What do you want to talk about?

你想要去哪裡？
Where do you want to go?

你想要在哪裡會合？
Where do you want to meet?

你想要約幾點會合？
What time do you want to meet?

你想要邀請誰來？
Who do you want to invite?

你想要去哪間餐廳吃飯？
What restaurant do you want to go to?

你想要用哪種語言說話？
What language do you want to speak?

出遊

你想要看哪部電影？
What movie do you want to see?

你想要去哪裡旅行？
Where do you want to go traveling?

Do you want me to 〜?

我是否該〜?

這句話有「你想要我(為你)做什麼嗎?」的意思,但也可用於向對方提案「我是否該做些什麼?」「want me to」的發音接近 [wɑnmitə],說的時候請將尾音上揚。

Do you want me to

help?

我是否該幫忙?

explain?

我是否該說明一下?

get you anything?

我是否該買些東西給你?

show you around Tokyo?

我是否該帶你繞繞東京?

根據情境分類的超實用例句

家事

我是否該煮個晚餐？

Do you want me to <u>make dinner</u>?

我是否該洗個盤子？

Do you want me to <u>do the dishes</u>?

出遊

我是否該請你吃晚餐？

Do you want me to <u>buy you dinner</u>?

我是否該帶你去喝一杯？

Do you want me to <u>take</u> you <u>drinking</u>?

(敬請參照P.198)

工作

我是否稍後回覆給你？

Do you want me to <u>get back to you</u>?

我是否該提前作業？

Do you want me to <u>move it up</u>?

加上What/Where/Who/When/How等疑問詞說說看

「Do you want to～?」前面也可以加上What/Where/Who/When/How等疑問詞。我們也有「～該怎麼做比較好?」的說法。前面是What/Where/Who等疑問詞開頭的問句,尾音記得要下降。

出遊

我該怎麼做比較好?

What do you want me to do?

我該什麼時候去接你?

What time do you want me to pick you up?

「pick up」除了有「搭訕」的意思外,也有「接送」的意思。

家事

我該什麼時候煮晚餐好?

What time do you want me to make dinner?

我該做什麼東西好?

What do you want me to make?

工作

幾點打電話給你比較方便呢?

What time do you want me to call?

這個該放哪裡比較好呢?

Where do you want me to put this?

延續
原形動詞

的表現

　　這裡的表現也都跟「be going to」和「want to」的表現相同，只要連接原形動詞就好，相當簡單。把表現「整塊」記下來，再接上原形動詞吧。這些句子在日常生活中的各種場面都用得上，還請務必熟悉、精通這些用法。

Can I ～？

我可以～嗎？

　　直譯成「我能（做到某事）嗎？」用來表達「我可以～嗎？」的意思。如果用「Could I ～？」則會聽起來更禮貌。用「May I ～？」則禮貌程度又更升級。「Can I」發音為 [cænaɪ]。

Can I

borrow this?

我可以借一下這個嗎？

ask a question?

我可以問個問題嗎？

eat the last cookie?

我可以吃最後一片餅乾嗎？

bring a friend?

我可以帶朋友去嗎？

根據情境分類的超實用例句

日常

我可以借一下廁所嗎？

Can I use the restroom?

我可以回家嗎？

Can I go home?

工作

關於這件事，我可以再聯繫你嗎？

Can I get back to you on that?

我下午可以請個假嗎？

Can I take the afternoon off?

出遊

我今天晚餐可以吃外面嗎？

Can I eat out tonight?

我明天可以去打高爾夫嗎？

Can I play golf tomorrow?

Can you ～?

你可以（幫我）～嗎？

　　直譯成「你能（做到某事）嗎？」用來表達「你可以（幫我）～嗎？」的意思。如果用「Could you ～?」則會聽起來更禮貌。用「Will you ～?」或「Would you ～?」則會聽起來禮貌過頭，感覺很刻意，建議只在正式場合使用。而且在日常對話中，「Would you ～?」常會被用在發火的時候，還請特別留意。「Can you ～?」跟「Could you ～?」則是最恰當的說法。

Can you

+ pass the salt?
你可以幫我拿一下鹽巴嗎？

+ help me?
你可以幫我個忙嗎？

+ open the window?
你可以幫我開個窗戶嗎？

+ be kind?
你可以對我溫柔一點嗎？

根據情境分類的超實用例句

日常

你可以做好準備嗎？

Can you get ready?

你可以跟我道歉嗎？

Can you say sorry?

家事

你可以幫忙餵一下狗嗎？

Can you feed the dog?

你可以讓家裡通通風嗎？

Can you air out the house?

工作

可以拜託你加個班嗎？

Can you do overtime?

可以請你再回覆給我嗎？

Can you get back to me?

I have to ～

我得～才行

「I have to」以「I've got to」為首，有各式各樣的變化說法。「I have to」和「I've got to」雖然不是最拘謹的說法，但確實是正式的英語。不管是在商業文書、工作場合的會話都用得到。另一方面，將「got to」縮短的「I've gotta」，以及省去「've」的「I gotta」都是口語化用法。「gotta」發音為 [gɑʈə]。雖然這不會用於商業文書，但在和朋友對話、信件往來，或是電影台詞中都經常用到。

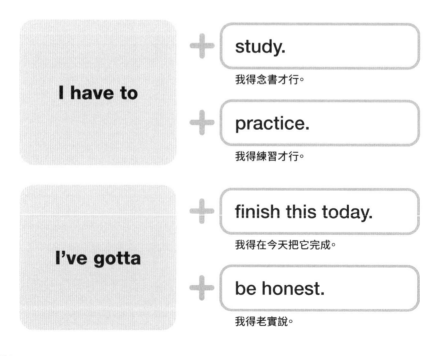

I have to

+ study.
我得念書才行。

+ practice.
我得練習才行。

I've gotta

+ finish this today.
我得在今天把它完成。

+ be honest.
我得老實說。

根據情境分類的超實用例句

日常

我今天得直接回家才行。

I have to go straight home today.

我得準備好才行。

I've gotta get ready.

工作

我得達標才行。

I have to hit my target.

我得把成本降下來才行。

I've gotta cut costs.

家事

我得把衣服丟下去洗。

I have to get the laundry in.

我得帶小狗去散步。

I've gotta walk the dog.

換個主詞說說看

　　主詞是「I / You / We / They」的話維持「have to」；主詞是「He / She」的話就改成「has to」。

日常

他得回家了。

He has to go home.

你得說聲謝謝才行。

You have to say thank you.

健康

我們得維持健康的體態。

We have to stay in shape.

她得動手術才行。

She has to have an operation.

工作

他們得停損才行。

They have to cut their losses.

我們得加班才行。

We have to do overtime.

改成否定說說看

應用

　　否定形式的「I don't have to ～」包含了「我不那麼做也可以」、「我沒必要那麼做」、「不用那麼做就可以解決」的意思。主詞是「I / You / We / They」的話，就用「don't have to」；主詞是「He / She」的話，就改成「doesn't have to」。

工　作

我沒有必要被解雇。

I don't have to get fired.

他沒有必要簽約。

He doesn't have to get a contract.

戀　愛

我們沒有必要吵架。

We don't have to have a fight.

她沒有必要嫁入豪門。

She doesn't have to marry into money.

家　事

我沒必要幫花園澆水。

I don't have to water the garden.

他們沒必要跑腿買東西。

They don't have to do the shopping.

Why don't you ～ ?

你何不～？

主詞是「you」，代表「你要不要～看看？」「你何不試試～？」的意思。比起「你為何不～」的逼問語氣，更接近向對方提議「你不妨～」的語氣。

Why don't you

come?
你何不一起來？

complain?
你何不抱怨看看？

ask him?
你何不問問看他？

take up a sport?
你何不開始運動？
「take up」有「開始一個習慣」的意思。

根據情境分類的超實用例句

日 常

你何不去剪個頭髮？

Why don't you get a haircut?

你何不換件衣服？

Why don't you get changed?

工 作

你何不請個病假？

Why don't you call in sick?

你何不離職？

Why don't you quit?

健 康

你何不看個醫生？

Why don't you see a doctor?

你何不去醫院探他的病？

Why don't you visit him in the hospital?

「Why don't I ～?」是用來提議「我來做某事如何？」跟「Do you want me to ～?」有相同意思。

日常

不如我來開車吧？
Why don't I drive?

不如我幫你一下吧？
Why don't I help you?

出遊

不如我請你吃個晚餐吧？
Why don't I buy you dinner?

不如我帶你出去玩吧？
Why don't I take you out?

家事

不如我來洗個衣服吧？
Why don't I do the laundry?

不如我來餵個狗吧？
Why don't I feed the dog?

把主詞改成 we 說說看

「Why don't we 〜?」是用來提議「我們來做某事如何？」跟「Do you want to 〜?」有相同意思。

出遊

不如我們一起搭計程車吧？
Why don't we <u>share a taxi</u>?

不如我們去旅行吧？
Why don't we <u>go traveling</u>?

工作

不如我們招待一下他們吧？
Why don't we <u>wine and dine them</u>?

不如我們把期限延後吧？
Why don't we <u>move it back</u>?

戀愛

不如我們結婚吧？
Why don't we <u>get married</u>?

不如我們和好吧？
Why don't we <u>make up</u>?

You should ～

你應該～

「should」有「應該～」、「最好～」的意思。可用於向朋友提出建議等情況。

You should

+ go.
你應該去。

+ say something.
你應該說些什麼。

+ take a break.
你應該休息一下。

+ study more.
你應該更用功點。

根據情境分類的超實用例句

日常

你應該拒絕。
You should say no.

你應該早點起床。
You should get up earlier.

戀愛

你應該欲擒故縱一下。
You should play hard to get.

你應該約她出去。
You should ask her out.

工作

你應該壓低成本。
You should cut costs.

你應該請個病假。
You should call in sick.

改成否定說說看

你可以用「You shouldn't ～」建議對方「最好不要這樣做」。

日常

你最好不要花那麼多錢。

You shouldn't spend so much money.

你最好不要熬夜到那麼晚。

You shouldn't stay up so late.

戀愛

你最好不要讓他會錯意。

You shouldn't lead him on.

你最好不要出軌。

You shouldn't cheat.

工作

你最好不要做假帳。

You shouldn't cook the books.

你最好不要便宜行事。

You shouldn't cut corners.

SVO Part2　你該注意「主詞是誰」！

放在動詞左側的叫做「主詞」，有「主動做動作」的意思。

I learn English.
主詞　我

放在動詞右側的叫做「受詞」，有「被動接受動作」的意思。

I learn English.
英語　受詞

請注意「主詞是誰」。很多人覺得「放在句子前面就是主詞」，但放在前面的也有可能是主詞、受詞，兩者都有可能。

例如：「禮拜二吃拉麵」這句話裡，如果把放句子前面的當成主詞，就會變成：

✕ Tuesday eats ramen.(禮拜二（它在）吃拉麵)

非常奇怪對吧。
實際上要這樣說才對：

◎ I eat ramen on Tuesdays.

在這裡「禮拜二」既不是主詞，也不是受詞。

I used to ~

我曾經~

用來表示「以前會，但現在不會」的意思。發音時連音為「useta」。

I used to

+ like him.

我曾經喜歡過他。

+ play football.

我曾經踢過足球。

+ live there.

我以前住在那裡。

+ be shy.

我曾經很害羞。

根據情境分類的超實用例句

戀愛

我曾經約過他出去。
I used to get asked out.

我曾經愛上錯的人。
I used to fall for the wrong guys.

工作

我曾經很愛混水摸魚。
I used to slack off.

「slack off」有「偷懶」的意思。

我以前做事一向照規矩來。
I used to do it by the book.

出遊

我以前會看Live表演。
I used to see bands.

我以前會跑夜店。
I used to go clubbing.

改成否定說說看

「I didn't use to ～」是用來表示「以前不曾做某事，但現在會做」的意思。

工作

我以前從來沒達標。
I didn't use to <u>hit my target</u>.

我以前不曾把事情搞砸。
I didn't use to <u>screw up</u>.

戀愛

我以前不曾愛上誰。
I didn't use to <u>fall in love</u>.

我以前不曾被搭訕。
I didn't use to <u>get picked up</u>.

家事

我以前從沒煮過晚餐。
I didn't use to <u>make dinner</u>.

我以前從沒曬過毯子。
I didn't use to <u>air out the blankets</u>.

動詞 ing

的相關表達

　　本章節介紹的表達皆是與「動詞ing」連接。只要將英語表達一整組記住，接上動詞ing就好。幾乎所有的表達，都是在動詞ing前面加上「him / her / them」，或是加上「not」就能應用，可以用來說明非常多事情！也請不要忘了瀏覽「應用」的部分喔！

I've been ～ing

我最近經常～

就算不使用「recently（最近）」或「often（經常）」，用「have been ～ ing」就能表達「最近經常～」的意思。注意：這是用來表示「最近常做某事」，而不是「最近做了一次某事」。

I've been

practicing.

我最近經常練習。

exercising.

我最近經常運動

seeing someone.

我最近經常跟某人碰面。

thinking about her.

我最近經常想起她。

根據情境分類的超實用例句

日常

我最近經常很早就睡了。

I've been going to bed early.

我最近經常足不出戶。

I've been staying home.

工作

我最近拿到很多合約。

I've been getting lots of contracts.

我最近常把事情搞砸。

I've been screwing up.

出遊

我最近經常出去喝酒。

I've been going drinking.

我最近經常外食。

I've been eating out.

應用 換個主詞說說看

「I've」的部分可以換成「You've」、「We've」、「They've」、「He's」、「She's」、「It's」，用來講述自己以外的事情。「've」是「have」的縮寫，「's」在這裡則是「has」的縮寫。

日常

她最近經常打來。

She's been calling.

最近經常下雨。

It's been raining.

戶外

他們最近經常去玩單板滑雪。

They've been going snowboarding.

我們最近經常去釣魚。

We've been going fishing.

戀愛

她最近經常四處放線。

She's been playing games.

他最近經常死纏爛打。

He's been hitting on me.

改成否定說說看

應用

「I haven't been ～ing」表示「最近都沒～」的意思。主詞是「I /
You / We / They」的話，就用「haven't been」；主詞是「He / She /
It」的話，就改成「hasn't been」。

健康

我們最近都沒在運動。

We haven't been exercising.

我最近都沒去看牙醫。

I haven't been going to the dentist.

日常

最近都不太下雨。

It hasn't been raining.

他最近都沒過來。

He hasn't been coming.

家事

我最近都沒在整理花園。

I haven't been doing the gardening.

她最近都沒帶小狗去散步。

She hasn't been walking the dog.

Thank you for ～ ing

感謝你為我～

雖然可以只說「Thank you.」，但實際應用時則會說成「Thank you for ～」。此句型後面連接「動詞ing」，跟「Thanks.」相比更加正式。

Thank you for

+ dinner.

感謝你請我吃晚餐。

+ your time.

感謝你撥出時間。

+ coming.

感謝你特地前來。

+ being kind.

感謝你對我那麼溫柔。

「be kind」有「溫柔以待」的意思。

根據情境分類的超實用例句

家事

感謝你幫忙打掃家裡。

Thank you for cleaning the house.

感謝你幫忙摺衣服。

Thank you for folding the laundry.

出遊

感謝你邀請我來作客。

Thank you for having me over.

感謝你帶我四處觀光。

Thank you for taking me sightseeing.

「take 人 sightseeing」是「帶人到知名景點觀光」的意思。(敬請參照P.198)

日常

感謝你願意道歉。

Thank you for saying sorry.

感謝你陪我到那麼晚。

Thank you for staying up.

I'm thinking about ～ing

我在想是否要～

用來表示還沒決定好，正在思考要不要做某件事情。此句型後面連接
「名詞」或「動詞ing」。

I'm thinking
about

+ the weekend.

我在想週末要幹嘛。

+ eating out.

我在想是否要出去吃飯。

+ inviting Dave.

我在想是否要邀請戴夫。

+ breaking up with him.

我在想是否要跟他分手。

根據情境分類的超實用例句

日常

我在想是否要叫個外送。
I'm thinking about ordering in.

我在想是否要剪個頭髮。
I'm thinking about getting a haircut.

工作

我在想是否要換工作了。
I'm thinking about changing jobs.

我在想是否要請個病假。
I'm thinking about calling in sick.

出遊

我在想是否要辦個派對。
I'm thinking about having a party.

我在想是否要出去逛街。
I'm thinking about going shopping.

What's it like ～ing?

～是什麼感覺？

這是沒有經歷過某件事的人，詢問有經驗的人時常用的句子。此句型後面只能連接「動詞ing」。「What's」是「What is」的縮寫。

What's it like

living alone?

一個人生活是什麼感覺？

being a father?

當爸爸是什麼感覺？

studying abroad?

去國外留學是什麼感覺？

running your own business?

獨立創業是什麼感覺？
「run one's own business」是「獨立創業」的意思。

根據情境分類的超實用例句

受害

遇上搶劫是什麼感覺？

What's it like <u>getting mugged</u>?

遇上詐騙是什麼感覺？

What's it like <u>getting conned</u>?

戀愛

跟戴夫交往感覺如何？

What's it like <u>going out with</u> Dave?

再次恢復單身是什麼感覺？

What's it like <u>being single</u> again?

「be single」是「單身」的意思。

工作

在那裡工作感覺如何？

What's it like working there?

自行創業是什麼感覺？

What's it like <u>going out on your own</u>?

I miss ～ing

我想念～（的時光）

「I miss you.（我想念你）」這句話很有名，但除了「you」之外還有很多單字可以用。「I miss」後面可以連接「名詞」或「動詞ing」。

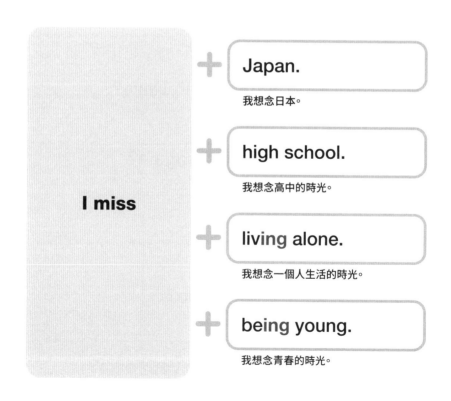

I miss

Japan.

我想念日本。

high school.

我想念高中的時光。

living alone.

我想念一個人生活的時光。

being young.

我想念青春的時光。

根據情境分類的超實用例句

日常

我想念可以賴床的時光。

I miss sleeping in.

我想念可以花錢的時光。

I miss spending money.

戀愛

我想念單身的時光。

I miss being single.

（敬請參照P.089）

我想念經常有人約的時光。

I miss getting asked out.

出遊

我想念可以外食的時光。

I miss eating out.

我想念常跑夜店的時光。

I miss going clubbing.

應用 改成「想念（某人）〜的時光」說說看

　　「I miss living in Japan.」指的是「想念自己住在日本的時光」；不過如果在動詞 ing 前面加入「him / her / them」等，就可以用來表示自己想念某人過去的行動。例如「我想念他住在日本的時候」，就可以說「I miss him living in Japan.」

戀愛

我想念跟他們交往的時光。

I miss them <u>going</u> <u>out</u>.

我想念她對我很溫柔的時光。

I miss her <u>being</u> <u>nice to</u> me.

「be nice to 〜」表示「對某人溫柔」。

家事

我想念母親為我做晚飯的時光。

I miss my mom <u>making</u> <u>me</u> dinner.

我想念他會幫我做家事的時光。

I miss him <u>doing</u> <u>the</u> housework.

工作

我想念接待他們的時光。

I miss them <u>wining</u> and <u>dining</u> me.

我想念業績有達標的時光。

I miss us <u>hitting</u> our target.

改成「我想念不用～的時光」說說看

應用

　　在動詞前面加入「not」，就可以用來表示「我想念不用～的時光」。
例如「我想念不用工作的時光」，就可以說「I miss not working.」。

工作

我想念不用加班的時光。

I miss not <u>doing</u> <u>overtime</u>.

我想念他不用加班的時光。

I miss him not <u>doing</u> <u>overtime</u>.

戀愛

我想念我們不會吵架的時光。

I miss not <u>having</u> <u>a fight</u>.

我想念她不會亂搞曖昧的時光。

I miss her not <u>playing</u> <u>games</u>.

日常

我想念不用那麼早起的時光。

I miss not <u>getting</u> <u>up</u> early.

我想念你不會拒絕我的時光。

I miss you not <u>saying</u> <u>no</u>.

I'm looking forward to ~ing

我期待～

表示期待未來會發生的事情。此句型後面可以連接「名詞」或「動詞ing」。

I'm looking forward to

+ **the party.**
我很期待這場派對。

+ **the weekend.**
我很期待這個週末。

+ **seeing you.**
我很期待見到你。

+ **going home.**
我很期待回到家。

根據情境分類的超實用例句

日常

我很期待去泡個澡。

I'm looking forward to taking a bath.

我很期待睡到自然醒。

I'm looking forward to sleeping in.

工作

我很期待換份工作。

I'm looking forward to changing jobs.

我很期待公司獲利。

I'm looking forward to turning a profit.

戶外

我很期待去跳傘。

I'm looking forward to going skydiving.

我很期待去衝浪。

I'm looking forward to going surfing.

改成「期待 (某人) ～」說說看

　　在動詞前面加入「him / her / them」等，就可以用來表示自己以外的人的行動。例如「我很期待他來」，就可以說「I'm looking forward to him coming.」

工作

我很期待她來這裡工作。

I'm looking forward to her working here.

我很期待他被調走。

I'm looking forward to him getting transferred.

戀愛

我很期待他們有情人終成眷屬。

I'm looking forward to them getting married.

我很期待我們可以和好。

I'm looking forward to us making up.

家事

我很期待她做的晚餐。

I'm looking forward to her making dinner.

我很期待他把家裡打掃好。

I'm looking forward to him cleaning the house.

改成「期待不用～」說說看

應用

　　只要在動詞前面加入「not」，就可以用來表達「期待不用～」的意思。例如「我期待不用工作的那天」，就可以說「I'm looking forward to not working.」。

工作

我期待做事不用一板一眼。

I'm looking forward to not doing it by the book.

我期待他不會便宜行事。

I'm looking forward to him not cutting corners.

日常

我期待不用早起的那天。

I'm looking forward to not getting up early.

我期待她不再那麼忙的時候。

I'm looking forward to her not being busy.

戀愛

我期待不用再被他糾纏。（＊指的是死纏爛打的人終於不在了。）

I'm looking forward to not getting hit on.

我期待不用再被他耍得團團轉。（＊指的是跟玩弄自己的對象分手，有新的邂逅。）

I'm looking forward to not getting led on.

I can't imagine
～ing

我無法想像～

「I can't imagine」後面可以連接「名詞」或「動詞ing」。

I can't imagine

＋ that.

我無法想像這件事。

＋ living in New York.

我無法想像自己住在紐約。

＋ saying that.

我無法想像自己說出這句話。

＋ being famous.

我無法想像自己變得有名。

根據情境分類的超實用例句

日常

我無法想像自己會中樂透。

I can't imagine winning the lottery.

我無法想像自己成為一位母親。

I can't imagine being a mother.

戀愛

我無法想像自己失去愛情。

I can't imagine <u>falling</u> <u>out of love</u>.

我沒有想過要跟你分手。

I can't imagine <u>breaking</u> <u>up with you</u>.

工作

我沒有想過要辭掉工作。

I can't imagine <u>quitting</u>.

我沒有想過要做假帳。

I can't imagine <u>cooking</u> <u>the books</u>.

應用 改成「無法想像 (某人) ～」說說看

　　如果在動詞前面加入「him / her /them」等，就能用來描述自己以外的人的行動。例如「我無法想像他會煮飯」，就可以說「I can't imagine him cooking.」。

戀 愛

我無法想像他們會分手。

I can't imagine them breaking up.

我無法想像她會出軌。

I can't imagine her cheating.

家 事

我無法想像他會煮晚餐。

I can't imagine him making dinner.

我無法想像他會打掃家裡。

I can't imagine them cleaning the house.

工 作

我無法想像你自行創業的樣子。

I can't imagine you going out on your own.

我無法想像他會被開除。

I can't imagine him getting fired.

改成「無法想像沒有〜」說說看

應用

如果在動詞前面加入「not」，就可以用來描述「無法想像沒有〜」。例如「我無法想像沒有智慧型手機」，就可以說「I can't imagine not having a smart phone.」

戀愛

我無法想像沒有女友在身邊。

I can't imagine not having a girlfriend.

我無法想像她沒有嫁入豪門。。

I can't imagine her not marrying into money.

出遊

我無法想像自己不打高爾夫。

I can't imagine not playing golf.

我無法想像他沒去喝酒。

I can't imagine them not going drinking.

家事

我無法想像沒把毯子拿去曬。

I can't imagine not airing out the blankets.

我無法想像他們會不餵小狗。

I can't imagine them not feeding the dog.

I like ～ing

我喜歡～

「I like」後面可以接「名詞」或「動詞ing」。「I like to 動詞」也是一種說法。

I like

dogs.

我喜歡狗。

sci-fi.

我喜歡科幻小說。
「sci-fi」是「science-fiction」的縮寫。

cooking.

我喜歡做菜。

meeting new people.

我喜歡認識新朋友。

根據情境分類的超實用例句

戶外

我喜歡露營。

I like going camping.

我喜歡水肺潛水。

I like going scuba-diving.

家事

我喜歡讓家裡通通風。

I like airing out the house.

我喜歡打掃家裡。

I like cleaning the house.

健康

我喜歡健身。

I like working out.

我喜歡做瑜珈。

I like doing yoga.

改成「我喜歡 (某人) ～」說說看

在動詞前面放入「him / her / them」等，就能用來描述自己以外的人的行動。例如「我喜歡她來找我」，就可以說「I like her coming.」。

日常

我喜歡她早點回家。

I like her coming home early.

我喜歡他待在家裡。

I like him staying home.

戀愛

我喜歡男生約我出去。

I like guys asking me out.

我喜歡女生欲擒故縱。

I like girls playing hard to get.

工作

我喜歡受到他們招待。

I like them wining and dining me.

我喜歡他做事按規矩來。

I like him doing it by the book.

應用 改成「我喜歡不～」說說看

如果在動詞前面加入「not」，就可以用來描述「我喜歡不～」。例如「我喜歡不用工作」，就可以說「I like not working.」。

戀愛

我喜歡不交男友的狀態。

I like not having a boyfriend.

我喜歡她不搞曖昧。

I like her not playing games.

日常

我喜歡不用花錢。

I like not spending money.

我喜歡不用早起。

I like not getting up early.

工作

我喜歡做事不要一板一眼。

I like not doing it by the book.

我喜歡他不要加班。

I like him not doing overtime.

I don't mind～ing

我不介意～

用來表達「不介意～」、「不討厭～」的意思。此句型後面連接「名詞」或「動詞 ing」。

I don't mind

+ **him.**
我不討厭他。

+ **the cold.**
我不討厭天氣冷

+ **working late.**
我不介意工作到很晚。

+ **being busy.**
我不介意生活忙碌。

根據情境分類的超實用例句

工作

我不介意被調職。

I don't mind getting transferred.

我不介意把時間延後。

I don't mind moving it back.

家事

我不討厭燙衣服。

I don't mind doing the ironing.

我不討厭煮晚餐。

I don't mind making dinner.

戀愛

我不介意被提分手。

I don't mind getting dumped.

我不介意維持單身。

I don't mind being single.

（敬請參照P.089）

應用

改成「不介意 (某人) ～」說說看

在動詞前面放入「him / her / them」等，就能用來描述自己以外的人的行動。例如「我不介意他們來」，就可以說「I don't mind them coming.」。

出遊

我不介意他來。

I don't mind him coming.

我不介意她去夜店。

I don't mind her going clubbing.

戀愛

我不介意被她倒追。

I don't mind her hitting on me.

我不介意他們結婚。

I don't mind them getting married.

日常

我不介意她去提個款。

I don't mind her getting money out.

我不介意他們遲到。

I don't mind them being late.

改成「我不介意沒有〜」說說看

　　如果在動詞前面加入「not」，就可以用來描述「不介意沒有〜」。例如「我不介意沒被升職」，就可以說「I don't mind not getting promoted.」。

日常

我不介意沒洗澡。

I don't mind not taking a bath.

我不介意她沒回家。

I don't mind her not going home.

家事

我不介意毯子沒拿去晾。

I don't mind not airing out the blankets.

我不介意他不做家事。

I don't mind him not doing the housework.

工作

我不介意沒有加班費。

I don't mind not getting paid overtime.

我不介意他們趕不上死線。

I don't mind them not meeting the deadline.

I can't stand
～ing

我無法忍受～

「無法忍受～」就是強烈表達「超討厭做某件事」的意思。此句型後面可以連接「名詞」或「動詞 ing」。

I can't stand

+ it anymore.

我再也無法忍受這件事了。

+ crowded trains.

我無法忍受塞滿人的電車。

+ getting in trouble.

我無法忍受惹禍挨罵。

+ being stressed.

我無法忍受壓力加諸在身上。

根據情境分類的超實用例句

戀 愛

我無法忍受被耍得團團轉。

I can't stand getting led on.

我無法忍受另一半出軌。

I can't stand getting cheated on.

健 康

我無法忍受自己變胖。

I can't stand gaining weight.

我超討厭去看牙醫。

I can't stand going to the dentist.

受害

我無法忍受有人對我上下其手。

I can't stand getting groped.

我超討厭遇到扒手。

I can't stand getting pickpocketed.

改成「無法忍受 (某人)～」說說看

在動詞前面放入「him / her / them」等，就能用來描述自己以外的人的行動。例如「我無法忍受他回嘴」，就可以說「I don't stand him talking back.」。

日常

我無法忍受他打呼。

I can't stand him snoring.

我無法忍受有人插隊。

I can't stand people cutting in line.

「cut in line」表示「插隊」的意思。

工作

我無法忍受她便宜行事。

I can't stand her cutting corners.

我無法忍受老闆混水摸魚。

I can't stand my boss slacking off.

(敬請參照P.75)

戀愛

我最討厭那種故意來試探的女生。

I can't stand girls leading me on.

我最討厭那些動不動死纏爛打的男人。

I can't stand guys hitting on me.

改成「我無法忍受沒有～」說說看

應用

　　如果在動詞前面加入「not」，就可以用來描述「無法忍受沒有～」。例如「我無法忍受沒刷牙」，就可以說「I can't stand not brushing my teeth.」。

家事

我無法忍受家裡沒有通風。

I can't stand not <u>airing</u> <u>out the house.</u>

我無法忍受她不做家事。

I can't stand her not <u>doing</u> <u>the housework.</u>

日常

我超討厭不會說「謝謝」的人。

I can't stand people not <u>saying</u> <u>thank you.</u>

我無法忍受自己被瞞著。

I can't stand not knowing.

戀愛

不和好的話我心裡難受。

I can't stand not <u>making</u> <u>up.</u>

我無法忍受他不回我電話。

I can't stand him not calling me.

I'm used to ～ing

我習慣～

「I'm used to ～ing（我習慣～）」和「I used to ～（我以前習慣～）」看起來很像，但意思完全不同，還請務必留意。「I'm used to」後面可以連接「名詞」或「動詞ing」。

I'm used to

+ it.

我習慣這樣了。

+ Japanese food.

我習慣吃日本食物。

+ splitting the bill.

我習慣付錢時AA制。

+ being single.

我習慣單身了。
（敬請參照P.089）

根據情境分類的超實用例句

工作

我已經習慣挨罵了。

I'm used to getting in trouble.

我已經習慣一板一眼地做事。

I'm used to doing it by the book.

戀愛

我已經習慣被玩弄了。

I'm used to getting led on.

我已經習慣被甩了。

I'm used to getting dumped.

日常

我已經習慣早起了。

I'm used to getting up early.

我已經習慣晚睡了。

I'm used to going to bed late.

應用 改成「習慣（某人）～」說說看

在動詞前面放入「him / her / them」等，就能用來描述自己以外的人的行動。例如「我已經習慣他遲到了」，就可以說「I'm used to him being late.」。

工作

我已經習慣看到他加班了。

I'm used to him doing overtime.

我已經習慣他們壓低成本了。

I'm used to them cutting costs.

戀愛

我已經習慣男人總是愛上我。

I'm used to guys falling for me.

我已經習慣她老是被搭訕了。

I'm used to her getting picked up.

出遊

我已經習慣晚餐讓他請了。

I'm used to him buying me dinner.

我已經習慣讓老闆帶我們出去玩了。

I'm used to my boss taking us out.

應用 改成「我習慣不～」說說看

如果在動詞前面加入「not」，就可以用來描述「習慣不～」。例如「我已經習慣不用早起」，就可以說「I'm used to not getting up early.」。

工作

我已經習慣每次升職都沒我的份。

I'm used to not getting promoted.

我已經習慣他們業績沒達標了。

I'm used to them not hitting their target.

日常

我已經習慣沒有電視的生活。

I'm used to not watching TV.

我已經習慣她從來不說一句抱歉。

I'm used to her not saying sorry.

出遊

我已經習慣不出去玩。

I'm used to not going out.

我已經習慣不搭計程車

I'm used to not getting a taxi.

I'm sick of ～ing

我厭倦了～

雖然這裡用到「sick」這個詞，但並不是用來表示「生病」的意思。相同意思的說法還有「I'm tired of ～」。「I'm sick of」後面可以連接「名詞」或「動詞ing」。

I'm sick of

+ winter.

我厭倦了冬天。

+ this humidity.

我厭倦了潮濕的氣候。

+ getting in trouble.

我厭倦了老是挨罵。

+ being busy.

我厭倦了忙碌的生活。

根據情境分類的超實用例句

戀愛

我厭倦了老是吵架。

I'm sick of having a fight.

我厭倦了老是被甩。

I'm sick of getting dumped.

家事

我厭倦了做家事。

I'm sick of doing the housework.

我厭倦了摺衣服。

I'm sick of folding the laundry.

健康

我厭倦了老是得看醫生。

I'm sick of seeing a doctor.

我厭倦了變胖的自己。

I'm sick of gaining weight.

改成「厭倦了 (某人) ～」說說看

在動詞前面放入「him / her / them」等，就能用來描述自己以外的人的行動。例如「我厭倦了他光會抱怨」，就可以說「I'm sick of him complaining.」。

日常

我厭倦了每天下雨的日子。

I'm sick of it raining every day.

我厭倦了他的謊。

I'm sick of him lying.

戀愛

我厭倦了她老是搞曖昧。

I'm sick of her playing games.

我厭倦了他們老是吵架。

I'm sick of them having a fight.

工作

我厭倦了他老是請病假。

I'm sick of him calling in sick.

我厭倦了她總是請假不來。

I'm sick of her taking time off.

改成「我厭倦了沒有～」說說看

應用

　　如果在動詞前面加入「not」，就可以用來描述「厭倦沒有～」。例如「我厭倦了升職都沒我的份」，就可以說「I'm sick of not getting promoted.」。

工作

我厭倦了工作沒有著落。

I'm sick of not getting a job.

我厭倦了她老是拿不到合約。

I'm sick of her not getting a contract.

出遊

我厭倦了無法外食。

I'm sick of not eating out.

我厭倦了他連請我吃個晚餐都不肯。

I'm sick of him not buying me dinner.

家事

我厭倦了他總是不打掃家裡。

I'm sick of him not cleaning the house.

我厭倦了她總是不幫花園澆水。

I'm sick of her not watering the garden.

What happened to ～ing?

不是說好要～的嗎？

「What happened to ～?」後面可以連接「名詞」或「動詞ing。原本是連接名詞，用來表示「這件事沒下文了嗎？」如果連接「動詞ing」，就是用來表示「原本要做的事沒下文了嗎？」總而言之，就是表達「不是說好要～的嗎？」

What happened to

my bag?

我的包包去哪了？

the meeting?

不是說好要開會嗎？

getting in shape?

不是說好要維持體態嗎？
「get in shape」是「鍛鍊身體」的意思。

being careful?

不是說好要小心一點嗎？

根據情境分類的超實用例句

出遊

不是說好要去公園嗎？

What happened to going to the park?

What happened to going to the park?

不是說好要叫戴夫來家裡作客嗎？

What happened to having Dave over?

家事

不是說好要把垃圾拿去倒嗎？

What happened to taking out the trash?

不是說好要去幫我買東西嗎？

What happened to doing the shopping?

工作

不是說好要換工作嗎？

What happened to changing jobs?

不是說好要壓低成本嗎？

What happened to cutting costs?

改成「不是說好（某人）要～的嗎？」說說看

在動詞前面放入「him / her / them」等，就能用來描述自己以外的人的行動。例如「不是說好戴夫要來的嗎？」，就可以說「What happened to Dave coming?」。

戀 愛

那兩個人不是說好要結婚的嗎？

What happened to them <u>getting</u> <u>married</u>?

妳不是說好要跟他分手的嗎？

What happened to you <u>breaking</u> <u>up</u>?

出 遊

不是說好我們要去海邊嗎？

What happened to us <u>going</u> to the beach?

不是說好晚餐要給你請嗎？

What happened to you <u>buying</u> me dinner?

工 作

不是說好由他們來接待我們嗎？

What happened to them <u>wining</u> and <u>dining</u> us?

你不是說要自行創業嗎？

What happened to you <u>going</u> out on your own?

改成「不是說好不要～的嗎?」說說看

應用

如果在動詞前面加入「not」，就可以用來描述「不是說好不要～的嗎?」。
例如「不是說好不要抽菸的嗎?」，就可以說「What happened to not smoking?」。

日常

不是說好不要花錢的嗎?
What happened to not spending money?

不是說好不要賴床的嗎?
What happened to not sleeping in?

戀愛

不是說好他不會交女友的嗎?
What happened to him not having a girlfriend?

不是說好你不會出軌的嗎?
What happened to not cheating?

工作

不是說好上班不要混水摸魚的嗎?
What happened to not slacking off?

（敬請參照P.75）

不是說好不要加班的嗎?
What happened to not doing overtime?

What do you think about～ing?

你覺得～怎樣？・你怎麼想？

無論是徵詢對方意見的時候，或是和對方討論的時候，都經常用到這個英語表現。此句型後面可以連接「名詞」或「動詞ing」。

What do you think about

+ his idea?

你覺得他的點子怎樣？

+ the new office?

你覺得新的辦公室怎樣？

+ having a party?

你覺得辦個派對怎樣？

+ starting over?

你覺得我們從頭來過怎樣？
「start over」是「從頭來過」的意思。

根據情境分類的超實用例句

出遊

你覺得我們去看場戲怎樣？

What do you think about seeing a play?

你覺得我們去外面吃飯怎樣？

What do you think about eating out?

工作

你覺得把時間提前怎樣？

What do you think about moving it up?

你覺得就照規矩來怎樣？

What do you think about doing it by the book?

日常

你覺得叫個外送怎樣？

What do you think about ordering in?

你覺得今天就晚點睡如何？

What do you think about staying up?

應用 改成「你對 (某人) ～怎麼想？」說說看

在動詞前面放入「him / her / them」等，就能用來描述自己以外的人的行動。例如「你對他離職是怎麼想的？」，就可以說「What do you think about him quitting?」。

日常

你對蒂芬妮會來是怎麼想的？

What do you think about Tiffany coming?

你對她拒絕是怎麼想的？

What do you think about her saying no?

工作

你對戴夫被開除是怎麼想的？

What do you think about Dave getting fired?

你對他做假帳是怎麼想的？

What do you think about him cooking the books?

戀愛

你對她可以拿到一半財產是怎麼想的？

What do you think about her getting half?

你對他分手是怎麼想的？

What do you think about them breaking up?

改成「你對沒有～怎麼想?」說說看

應用

　　如果在動詞前面加入「not」,就可以用來描述「你對沒做某事怎麼想?」。例如「你對沒告訴他怎麼想?」,就可以說「What do you think about not telling him?」。

工作

你對拿不到加班費有什麼想法?

What do you think about not <u>getting</u> <u>paid</u> overtime?

你對業績沒能達標有什麼想法?

What do you think about not <u>hitting</u> <u>our target</u>?

健康

你對他不接受手術有什麼想法?

What do you think about him not <u>having</u> <u>an operation</u>?

你對她不來醫院探我病有什麼想法?

What do you think about her not <u>visiting</u> <u>me</u> in the hospital?

日常

你對他沒去領錢有什麼想法?

What do you think about him not <u>getting</u> <u>money out</u>?

你對她不願道歉有什麼想法?

What do you think about her not <u>saying</u> <u>sorry</u>?

表示「場所」at / on / in 的使用劃分

「at / on / in」的使用劃分主要是根據單位大小來決定。

●at = 1個場所（一間店等等）

I'm <u>at</u> home.（我在家裡。）

I'm watching TV <u>at</u> home.（我在家裡看電視。）

He's <u>at</u> work.（他在公司。）

He had lunch <u>at</u> work.（他在公司吃午餐。）

●on = 表示「幾層樓」、「什麼路」

在一層樓裡面有很多間加了「at」的店鋪或家戶，且會分布在一條路上。因此要用比「at」更大的單位「on」。

I live <u>on</u> the 6th floor.（我住在6樓。）

I live <u>on</u> Meiji Road.（我住在明治路上。）

The shop is <u>on</u> Meiji Road.（那間店在明治路上。）

●in = 地名、國名等等

I'm <u>in</u> Shibuya.（我人在澀谷。）

I live <u>in</u> Tokyo.（我住在東京。）

Soccer is popular <u>in</u> Japan.（足球在日本很受歡迎。）

It's the best place <u>in</u> the world.（這是全世界最棒的地方。）

延續

動詞的過去分詞

的表現

　　這裡的英語表現後面都是連接「動詞的過去分詞」。雖然有「go / went / gone」這種「原形・過去式・過去分詞」都不同的動詞；但「buy / bought / bought」這種過去式和過去分詞相同的動詞佔大多數。其中還有「hit / hit / hit」這種全部形態都相同的動詞，或是「come / came / come」這種只有過去式不同的動詞，不過相當少見。

　　「go」的過去分詞通常是「gone」，但視情況也會變成「been」，是相當不可意思的動詞。「go」的過去分詞有時是「gone」，有時是「been」。讓我們區分一下如何使用吧：當內容是表達「曾經做過・沒做過的事」，就用「been」，除此之外的內容就用「gone」。Pattern 27、28的「go」，過去分詞是用「been」；Pattern 29、30則是用「gone」。其他的動詞沒有這麼麻煩，還請放心。這是「go」獨有的現象。

I've ～

我做過～（某事）

「I've」後面要連接「動詞的過去分詞」。「go」的過去分詞通常是「gone」，但在表達「曾經做過・沒做過的事」的情況，要用「been」。

I've

+ **been to NY.**

我去過紐約。

+ **seen it.**

我看過那個東西。

+ **screwed up.**

我搞砸過事情。

+ **won.**

我贏過。

根據情境分類的超實用例句

戶外

我跳過傘。

I've been skydiving.

我露過營。

I've been camping.

戀愛

我曾經被劈腿過。

I've gotten cheated on.

我離過婚。

I've gotten divorced.

工作

我有自己創業過。

I've been out on my own.

我被開除過。

I've gotten fired.

主詞如果是「I / You / We / They」，「have」的縮寫就是「've」；
主詞如果是「He / She / It」，「has」的縮寫就是「's」。

戀 愛

他離過婚。

He's gotten divorced.

我們吵過架。

We've had a fight.

工 作

他們便宜行事過。

They've cut corners.

她把事情搞砸過。

She's screwed up.

出 遊

他請我吃過晚餐。

He's bought me dinner.

他們招待我們去他們家作過客。

They've had us over.

改成否定說說看

應用

　　如果是「I've never ～」，就是用來表達「不曾做過～」的意思。此句型後面要連接「動詞的過去分詞」。「go」的過去分詞通常是「gone」，但在表達「曾經做過・沒做過的事」的情況，要用「been」。例如「我不曾去過紐約」，就說成「I've never been to New York.」。

工作

我不曾做過假帳。

I've never cooked the books.

他業績不曾達標。

He's never hit his target.

健康

我不曾接受手術。

I've never had an operation.

她不曾去過健身房。

She's never been to the gym.

受害

我不曾遭遇搶劫。

I've never gotten mugged.

我們不曾遇過詐騙。

We've never gotten conned.

Have you ever ～?

你做過～ (某事) 嗎?

「Have you ever ～」後面要連接「動詞的過去分詞」。「go」的過去分詞通常是「gone」，但在表達「曾經做過·沒做過的事」的情況，要用「been」。

Have you ever

+ **been to NY?**
你去過紐約嗎?

+ **met him?**
你見過他嗎?

+ **eaten natto?**
你吃過納豆嗎?

+ **gotten pickpocketed?**
你遇過扒手嗎?

根據情境分類的超實用例句

戀 愛

你談過戀愛嗎？

Have you ever fallen in love?

你跟外國人交往過嗎？

Have you ever been out with a foreigner?

工 作

你自行創業過嗎？

Have you ever been out on your own?

你便宜行事過嗎？

Have you ever cut corners?

出 遊

你去過夜店嗎？

Have you ever been clubbing?

你打過高爾夫球嗎？

Have you ever played golf?

I should've ～

我原本應該～

　　「should have」在口語可縮短為「should've」。帶有「原本應該～」、「如果～就好了」、「早知道～」的意思，表示實際上沒做到而感到後悔。此句型後面要連接「動詞的過去分詞」，例如「go」的過去分詞就是「gone」。「I」不管換成「You」、「He」還是「We」，「should've」都維持不變，可以輕鬆替換主詞。

I should've

＋ gone to NY.
我原本應該去紐約的。

＋ known.
我原本應該要想到的。

＋ eaten more.
我原本應該吃多一點的。

＋ been smart.
我原本應該放聰明點的。

根據情境分類的超實用例句

日常

我原本應該早點睡覺的。
I should've <u>gone to bed</u> earlier.

我原本應該先沖個澡的。
I should've <u>taken a shower</u>.

戀愛

我原本應該和她結婚的。
I should've <u>married her</u>.

我原本應該欲擒故縱一下的。
I should've <u>played hard to get</u>.

工作

我原本應該要停損的。
I should've <u>cut my losses</u>.

我原本應該早點離職的。
I should've <u>quit</u> earlier.

應用 **改成否定說說看**

　　改成否定的「I shouldn't have ～」有「原本不該～」、「如果沒～就好了」「早知道不要～」的意思。此句型後面連接「動詞的過去分詞」，例如「go」的過去分詞就是「gone」。「I」不管換成什麼主詞，「shouldn't have」都維持不變，可以輕鬆替換主詞。

日常

我原本不該花那麼多錢的。

I shouldn't have spent so much money.

我原本不該熬夜到那麼晚的。

I shouldn't have stayed up so late.

出遊

我原本不該喝那麼多的。

I shouldn't have drunk so much.

我原本不該去喝酒的。

I shouldn't have gone drinking.

戀愛

我原本不該讓他會錯意的。

I shouldn't have led him on.

我原本不該甩了她的。

I shouldn't have dumped her.

COLUMN

表示「時間」的at / on / in 使用劃分

「at / on / in」的使用劃分主要是根據單位大小來決定。

●at = 小於一天的單位 (「幾點」等等)

I get up <u>at</u> 7.（我通常7點起床。）

Let's talk <u>at</u> lunchtime.（我們午休的時候討論一下吧。）

I'm free <u>at</u> night.（我晚上有空喔。）

●on = 等於一天的單位 (「哪天」、「禮拜幾」等等)

The meeting is <u>on</u> May 10th.（我們5月10日要開會。）

Let's meet <u>on</u> Tuesday.（我們禮拜二碰個面吧。）

I ate out <u>on</u> my birthday.（我生日那天去外面吃飯了。）

What did you do <u>on</u> the weekend?（你週末都在做什麼呢？）

*週末雖然有兩天，但還是要用「on」。

●in = 大於一天的單位 (「月」、「年」、「時代」、「世紀」等等)

It rains a lot <u>in</u> June.（6月很常下雨。）

I graduated <u>in</u> 2010.（我是2010年畢業的。）

He lived <u>in</u> the 19th century.（他誕生於19世紀。）

It happened <u>in</u> the Edo period.（這是江戶時代發生的事情。）

當然也有例外：

「in the morning（在上午）」、「in the afternoon（在下午）」、「in the evening（在傍晚）」雖然小於一天，但是要用「in」。

I could've ～

我原本可以～

「could've」和「should've」不但發音很像，也和「should've」一樣可以用來表示「實際上沒有做的事情」。對於過去的假設，那些實際上沒做到的事情，我們會抱持「原本明明可以……」的遺憾想法。此句型後面連接「動詞的過去分詞」，例如「go」的過去分詞就是「gone」。

I could've

+ gone.

我原本可以去的。

+ helped you.

我原本可以幫你的。

+ asked him.

我原本可以問他的。

+ done the laundry.

我原本可以洗好衣服的。

根據情境分類的超實用例句

戀愛

我原本可以結婚的。

I could've gotten married.

我原本可以分到一半財產的。

I could've gotten half.

工作

我原本可以升職的。

I could've gotten promoted.

我原本可以獲利賺一筆的。

I could've turned a profit.

戶外

我原本可以去滑雪的。

I could've gone skiing.

我原本可以去玩帆船的。

I could've gone sailing.

2

配合 **PART 1** 的句型
加以應用吧！

根據情境分類的
超實用片語

只要配合PART1的句型組合使用，
就能用來描述日常生活中各式各樣的情境。
只要將句子改成疑問句或否定句，或是替換主詞，
就能進一步拓展表達的範圍。

日常生活中常用到的片語

「get changed（換衣服）」、「get money out（提款）」、「stay up（熬夜）」等動作，都有固定的表達方式。你不用自己把單字一個個胡亂拼湊在一起，只要「整組」記住就可以。

fall asleep
睡著

表示原本沒打算睡覺，結果「不小心睡著」、「不知不覺睡著」，或是「入睡」、「睡著」的意思。

我快睡著了。
I'm going to fall asleep.

我最近都睡不著。
I haven't been falling asleep.

get a haircut
剪頭髮

教科書可能會教大家用「have my hair cut」這個說法，但是幾乎所有母語人士都是說「get a haircut」。而且，也不需要根據主詞再改成「my」、「his」、「her」等等，相當簡單。

我想去剪頭髮。
I want to get a haircut.

你是剪頭髮了嗎？
What happened to getting a haircut?

get changed
換衣服

　　沒穿衣服的人或穿著睡衣的人換上衣服時，是用「get dressed」這個說法；如果是已經穿好衣服的人要換別的衣服，則是用「get changed」。不管哪種都是慣用語，直接使用就好囉。

你要換個衣服嗎？
Are you going to get changed?

我應該換一下衣服的。
I should've gotten changed.

get money out
提款

　　雖然也有「withdraw」這個單字，但會話時並不會使用。我們一般說的「領錢出來」（提款），就是「get money out」。

我得去提個款。
I have to get money out.

他動不動就去領錢出來，很煩。
I'm sick of him getting money out.

get ready
準備

　這也是很重要的片語。準備好的狀態稱為「be ready」,「準備」或「做準備」的動作,則稱為「get ready」。要表示「為……做準備」,就加上「for～」。

你不打算準備一下嗎?
Aren't you going to get ready?

我已經習慣他都沒在準備了。
I'm used to him not getting ready.

get up
起床

　相對於「wake up」是表示「醒來」,「get up」則是表示「從床上起來」。

我沒打算起床。
I wasn't going to get up.

我已經習慣早起了。
I'm used to getting up early.

go home
回家

home前面不用加「to」或「my」，只要直接說「go home」就好。
「house」指的是建築物，「home」則有「心裡的歸屬」、「家庭」等
更加抽象的意思。

我不想回家。
I don't want to go home.

早知道我就回家了。
I should've gone home.

go to bed
睡覺

雖然有很多人會覺得「睡覺 = sleep」，但實際上並沒有那麼簡單。這個
片語直譯為「去床上」，但在「快去睡覺」、「我要睡了」、「我昨天10
點睡」等句子裡，必定是使用「go to bed」。

我要睡了。
I'm going to go to bed.

我期待能好好睡上一覺。
I'm looking forward to going to bed.

have dinner

吃晚餐

這個片語一樣不用多加其他字,直接使用就好。注意:如果講成「have a dinner」,就會變成有「聚餐」的意思。「have breakfast」、「have lunch」也是相同用法。

要不要一起吃個晚餐?

Do you want to have dinner?

你不打算吃個晚餐嗎?

Aren't you going to have dinner?

kill time

打發時間

乍看之下會覺得「殺時間」字面上有點可怕,但實際上是指閒暇之餘、沒有特別要事的時候「消磨時間」的意思。延伸應用時,也可以把籠統的「time」替換為具體的「2 hours」等等。

你都怎麼打發時間?

How do you want to kill time?

我得打發一下時間。

I have to kill time.

order in
叫外送

具體可以說「order a pizza」、「order sushi」等,但如果只是籠統地說,那就用「order in」。

我習慣叫外送。
I'm used to ordering in.

我最近常叫外送。
I've been ordering in.

say no
拒絕

如果使用「refuse」、「reject」等正式詞彙,會顯得生硬、不自然,還請使用這個表達方式吧。「turn 人 down」這樣的說法也很常用。不管是用於工作、戀愛或是任何時候,這都是最自然的說法。

我當初應該拒絕的。
I should've said no.

我打算拒絕。
I'm going to say no.

say sorry

道歉

「道歉」的英語同樣可以用「say」。「apologize」也是一個常用的說法，端看你喜歡使用哪一種。

對於他沒有道歉，你怎麼想？

What do you think about him not <u>saying sorry</u>?

我打算去道歉。

I was going to <u>say sorry</u>.

say thank you

道謝

表示「道謝」時，有時會直接使用「thank」當作動詞，不過「say thank you」是更自然的說法。

你不打算說聲謝謝嗎？

Aren't you going to <u>say thank you</u>?

你最好去道個謝。

You should <u>say thank you</u>.

say yes

答應，允許

　　「SAY YES」是音樂團體「恰克與飛鳥」的知名歌曲，雖然看起來很簡單，卻是很重要的英語。不管是答應別人的告白，還是獲得主管許可時都能使用，不用思考其他說法，直接用「say yes」就對了。

我沒想過她會答應。

I can't imagine her saying yes.

感謝您的許可。

Thank you for saying yes.

sleep in

睡大頭覺

　　禮拜天「睡得很晚」的時候，或是「該起床的時間沒起床」等情況都能使用。

我只想睡大頭覺。

I want to sleep in.

我原本可以繼續睡大頭覺的。

I could've slept in.

spend money

花錢

也可以將籠統的「money」替換成「spend $100」等具體的金額。

我已經受不了她一直花錢了。
I'm sick of her <u>spending</u> <u>money</u>**.**

我不需要花錢就能解決。
I don't have to <u>spend money</u>**.**

stay home

待在家

直譯為「留在家裡」，但實際上包含了「不出門」、「關在家」等意思。

我受不了老是無法出門了。
I'm sick of <u>staying</u> <u>home</u>**.**

我打算把自己關在家裡。
I was going to <u>stay home</u>**.**

stay up
熬夜

直譯為「維持醒著」，實際上則有「到很晚都還沒睡」、「熬夜」的意思。

我喜歡熬夜。
I like staying up.

早知道就不該熬夜。
I shouldn't have stayed up.

take a bath
洗澡

用「take a bath」或是「have a bath」都可以，端看你喜歡哪一種。

我喜歡洗澡。
I like taking a bath.

你怎麼不去洗澡？
Why don't you take a bath?

take a shower

沖澡

「have a shower」或「take a shower」都是一樣意思,用哪個都可以,端看你喜歡哪一種。

早知道我就沖個澡了。

I should've taken a shower.

你不是說要沖個澡嗎?

What happened to taking a shower?

watch TV

看電視

請注意不要講成「see TV」,也不用加「a」或「the」。

我可以看電視嗎?

Can I watch TV?

我無法想像沒有電視看的生活。

I can't imagine not watching TV.

工作上會用到的片語

工作上感覺會用到一堆很難的的單字,但實際上並非如此。諸如「go out on my own(獨立)」、「move it back(延期)」、「cook the books(做假帳)」等等,幾乎所有表現都是以簡單的單字組合而成,你只需要整組記下來即可。

call in sick
請病假

即使實際上並非因為感冒而無法工作,也可以用這個說法「稱病請假」。不管是真病還是裝病,總之就是「因病請假」的意思。

你不請個病假嗎?
Why don't you call in sick?

早知道我就請病假了。
I should've called in sick.

change jobs
換工作

這份工作跟上一份工作加起來是兩份相關的工作,所以一定要用複數。類似的還有「change trains(轉乘)」、「change lanes(切換車道)」、「change seats(換位子)」、「change boyfriends(換男友)」等,因為都是前後相關的兩個東西,所以必須用複數。

我很期待能換工作。
I'm looking forward to changing jobs.

你最好換個工作。
You should change jobs.

cook the books

做假帳

「the books」是指「帳簿」，字面上就是「煮帳簿」的意思，是相當有趣的表現。「books」記得一定要用複數。

對於做假帳這件事，你怎麼看？

What do you think about cooking the books?

你最好不要做假帳。

You shouldn't cook the books.

cut corners

便宜行事

舉個例子，就像馬拉松選手沒有按照規定好的路線跑一圈，而是在途中抄捷徑的感覺。

我無法允許有人便宜行事。

I can't stand people cutting corners.

早知道就不要便宜行事了。

I shouldn't have cut corners.

cut costs
壓低成本

　　字面上就是「把成本切掉」，非常清楚好懂的句子。「costs」一定要用複數。

我們需要壓低成本。
We have to cut costs.

不是說好要壓低成本的嗎？
What happened to cutting costs?

cut *my* losses
停損

　　這也非常好懂。「loss」就是「損失」的意思，「cut my losses」一定要用複數。「my」則可以配合主詞不同，替換成「your」、「his」、「her」、「our」、「their」等。

我打算停損了。
I'm going to cut my losses.

你早就該停損的。
You should've cut your losses.

do it by the book

照規矩來

「book」指的是操作手冊。「it」可以替換為「everything」或其他名詞，不過基本上還是最常用「it」。

我不介意你按規矩辦事。
I don't mind doing it by the book.

我們當時不應該那麼一板一眼的。
We shouldn't have done it by the book.

do overtime

加班

用「do overtime」或是「work overtime」都可以，但常有人會跟英語中的「overwork」搞混。「overwork」指的是「過勞」，意思完全不一樣。如果想強調加了幾個小時班，可以在「do」跟「overtime」之間加上「2 hours」等等，例如「I did 2 hours overtime.（我加了兩個小時的班）」。

可以拜託你加班幫忙一下嗎？
Can you do overtime?

可以拜託你加班幫忙一下嗎？
I'm sick of him doing overtime.

finish work

下班

　　我們常會說「工作結束了」，這時工作是主詞，但在英語裡人才是主詞。其中存在著微妙的差異，「finish my work」是指「完成某項工作」，「finish work」則有「下班回家了」的感覺。「get off work（結束工作）」也是一種說法。

我最近都很早下班。

I've been finishing work early.

你打算幾點下班呢？

What time are you going to finish work?

get a contract

拿到合約

　　一個合約的話就用單數的「a contract」，很多合約的話就用複數的「get contracts」。

我想要拿到合約。

I want to get a contract.

我已經習慣他老是拿不到合約了。

I'm used to him not getting contracts.

get a job
找工作

　　我常聽到有人把「找到工作」翻成「My employment was decided.」這種不自然的英語，請絕對不要這樣講。當你想表示「獲得工作」、「找到工作」，直接說「get a job」就可以。

求職的感想如何？
What's it like getting a job?

我明明差點就找到工作了。
I could've gotten a job.

get back to 人
回覆

　　我們在工作的信件中經常用到「晚回覆您了，相當抱歉」、「感謝您的回覆」等句子。「to」後面可以加上「me」、「you」、「him」、「her」、「us」、「them」等等。

感謝您的回覆。
Thank you for getting back to me.

你不打算回覆他嗎？
Aren't you going to get back to him?

get fired
被開除

「開除某人」就是「fire～」。「get fired」則是它的被動說法，有「被開除」、「被炒魷魚」的意思。

我不想被炒魷魚。
I don't want to get fired.

我從來沒被開除過。
I've never gotten fired.

get in trouble
挨罵

比起「陷入麻煩」，更常用來表示「挨罵」的意思。類似的表現還有「get told off（被斥責）」。

你等著挨罵吧。
You're going to get in trouble.

我已經受不了老是挨罵了。
I'm sick of getting in trouble.

get paid
領薪水

「pay」有「付款」的意思。「get paid」則是它的被動說法，表示「被付款」，也就是「領薪水」的意思，直接記住就很簡單。

我下禮拜就領薪水了。
I'm going to <u>get paid</u> next week.

我想念有薪水領的時候。
I miss <u>getting paid</u>.

get promoted
升職

也可以說成「get a promotion」。順帶一提，「加薪」是「get a raise」。

你要升職了嗎？
Are you going to <u>get promoted</u>?

他原本不是要升職嗎？
What happened to him <u>getting promoted</u>?

go out on *my* own
獨立

直譯為「一個人出去」，實際上則是用來表示「獨立」、「創業」的慣用語。根據主詞不同，「my」可以替換為「your」、「his」、「her」、「our」、「their」等等。

她好像打算自行創業。

She's going to go out on her own.

獨立創業是什麼感覺？

What's it like going out on your own?

go to work
上班，通勤

不管是傳統意義上的「去公司」，或是任何職場，一般都可以用「go to work」。連蝙蝠俠都是說「I've gotta go to work.」。如果是要去「公司」，你也可以說「the office」，但請別忘了加「the」。

我得去上班了。

I have to go to work.

我喜歡去公司。

I like going to work.

have a meeting
開會

只開一次會就用單數的「a meeting」，開很多次會就用複數的「meetings」。

我們要開個會。
We're going to have a meeting.

他最近有很多會要開。
He's been having lots of meetings.

hit *my* target
達標

直譯為「射中標靶」，實際上是個慣用語，用來形容「達成目標」。根據主詞不同，「my」可以替換為「your / his / her / our / their」等等。

他最近都有達標。
He's been hitting his target.

我從來沒達標過。
I've never hit my target.

meet the deadline
趕上死線

「deadline」字面上是「過了這條線就會死」，看起來有點恐怖，但就是用來表示「截止期限」的意思。幾乎所有情況下都用「the」，但有時也會用「a deadline」或是複數形的「deadlines」。

我們得趕上死線才行。
We have to meet the deadline.

我已經受不了他老是趕不上死線。
I'm sick of them not meeting the deadline.

move it back
延期

你也可以把籠統的「it」，替換成具體的「the meeting」或是「the release」等等。

我不想延期。
I don't want to move it back.

不是說好要晚點發行的嗎？
What happened to moving the release back?

move it up
提早，提前

　你也可以把籠統的「it」，替換成具體的「the meeting」或是「the release」等等。

我原本想把它提早的。
I was going to move it up.

你覺得提前一點開會如何？
What do you think about moving the meeting up?

quit
離職

　後面也可以加上「my job」或「his job」，但更常直接講「quit」。順帶一提，「quit」的過去式和過去分詞都是「quit」，請不要說成「quited」。

他打算離職。
He's going to quit.

我應該早點離職的。
I should've quit earlier.

screw up

搞砸，失敗

英語的搞砸不會說成「I missed.」不管是「make a mistake」、「mess up」或是「screw up」，都是很常見的用法。

我無法想像他會失敗。

I can't imagine him screwing up.

你曾經把事情搞砸過嗎？

Have you ever screwed up?

take time off

休假

你也可以把籠統的「time」，替換成具體的「3 days」或是「Monday」等等。

我不介意你休個假喔。

I don't mind you taking time off.

我禮拜一可以休假嗎？

Can I take Monday off?

think outside the box
跳脫既有框架思考

　　直譯為「在箱子外面思考」，「box」是代表限制自己發想的「既有框架」。這個常聽到的慣用語是用來表示「自由發想」或是「跳脫既有框架思考」的意思。

我們必須跳脫既有框架思考才行。
We have to think outside the box.

我無法想像他會跳脫既有框架思考。
I can't imagine him thinking outside the box.

transfer / get transferred
調職

　　不管是調職或是調動部門，在英語中都是相同的說法。如果是自願調職、異動，就直接使用動詞「transfer」；如果並非自願，而是出自上層的決策，那就使用被動的「get transferred」。

我想要調到業務部。
I want to transfer to sales.

我不想被調職到仙台。
I don't want to get transferred to Sendai.

turn a profit

獲利

「profit」是「利益」的意思。例如，「利益率」就是「profit margin」。「turn」似乎讓人有種「轉動」的感覺，但不管有無持續獲利，都可以使用這個說法。

我們最近獲利頗豐。
We've been turning a profit.

我懷念曾經獲利的時光。
I miss turning a profit.

wine and dine 人

接待某人

這句話正好有押韻，可說是首選的說法。注意：「wine」和「dine」都是動詞，如果要改成ing或過去分詞，則兩方要同改。「dine」後面可以連接「me」、「you」、「him」、「her」、「us」、「them」等等。

我很習慣接待客人了。
I'm used to wining and dining clients.

我們應該要接待他們的。
We should've wined and dined them.

談戀愛會用到的片語

諸如「ask 人 out（告白）」、「get back together（重修舊好）」、「make up（和好）」等等，戀愛的相關片語其實用意外簡單的單字即可構成。而且所有的說法都已經是慣用語，你只要「整組」記起來就好。這裡還收錄了一些有點令人髮指的說法，例如「get half（拿到一半的財產）」之類。

ask 人 out
邀人約會，告白

這個片語原本是指「邀某人約會」，但也可以用來表示「告白」的意思。常常有人會在這層意思上把它跟「confess」搞混。「confess」指的是做了壞事之後「告解、坦白」的意思。喜歡一個人不是做壞事，告白時也不會用這個字。

你打算向他告白嗎？

Aren't you going to <u>ask him out</u>?

你當初該約她出去的。

You should've <u>asked her out</u>.

break up (with 人)
分手

當主詞是複數的時候，直接使用即可；但如果主詞是單數，就會加上「with 人」。常見的一個錯誤是講成「break out」，這是「越獄」的意思，還請注意不要搞混了。否則就會變成用正經八百的臉對另一半說「我們，還是逃獄吧」。

他們打算分手了。

They're going to <u>break up</u>.

你想分手了嗎？

Do you want to <u>break up</u>?

cheat (on 戀人)(with 出軌對象)

劈腿，出軌

　　「cheat」原本是「欺騙」的意思，但也可以用來表示「作弊」、「出軌」等意思。「have a affair」這個慣用語則是用來指已婚人士的「婚外情」，如果非已婚就不會用這個說法。「on」後面接的對象是被劈腿的那方，「with」後面的人則是劈腿的對象。兩者都可以加，也可以都不加，或只加一方。

我受不了男人總是愛劈腿。

I can't stand guys cheating.

他跟妳在一起時曾經出軌過嗎？

Has he ever cheated on you?

divorce 人 / get divorced

離婚

　　「divorce」後面一定要加「人」。如果不想把對方講出來，就直接用「get divorced」吧。

他想要跟她離婚。

He wants to divorce her.

離婚是什麼感覺？

What's it like getting divorced?

dump 人
甩了對方

這個字原本有「丟掉」的意思，但很常用於戀愛的情境。比起「丟掉」，這個詞更被常用在「甩了男女朋友」的時候。

她打算把他給甩了。
She's going to <u>dump him</u>.

你最好還是甩了她吧。
You should <u>dump her</u>.

fall for 人
著迷某人，暈船

雖然也可以說「fall in love with 人」，但是說成「fall for 人」更簡單明瞭。例如「Don't fall for me.（請不要為我著迷）」等等。

我已經很習慣讓男人為我著迷了。
I'm used to guys <u>falling</u> <u>for me</u>.

我當初不應該對他暈船的。
I shouldn't have <u>fallen for him</u>.

fall in love

愛上

這句英語相當知名。如同字面所述，指的是「陷入愛情」的意思。也可以接上「with 人（和某人）」。

我無法想像你會愛上某個人。

I can't imagine you falling in love.

你曾經愛上過誰嗎？

Have you ever fallen in love?

fall out of love

失去愛

「fall in love」是「掉入愛情」，「fall out of love」就是「掉出愛情」。這是一個用來表示「愛情冷卻」的慣用語，後面也可以連接「with 人」。

例如，「I fell out of love with him.（我已經對他冷感了。）」等等。

我不希望這份愛情冷卻。

I don't want to fall out of love.

你不是對戀愛冷感了嗎？

What happened to falling out of love?

get a boyfriend

交男友

　　「have a boyfriend」是「有男友」，「get a boyfriend」則是「交男友」、「找個男友」的意思。這裡的「have」和「get」基本上意思就不同。「have」是用來表示「擁有」、「存在」的狀態；「get」則是用來表示變化，代表「獲取」、「購入」原本沒有的東西。「交女友」就是「get a girlfriend」。

我想交個男友。

I want to get a boyfriend.

你不是交到女友了嗎？

What happened to getting a girlfriend?

get asked out

被邀請約會

　　「ask 人 out」是「邀人約會」，「get asked out」則是它的被動說法。在這裡「人」就不必出現。

我想被告白。

I want to get asked out.

最近都沒人約我出去。

I haven't been getting asked out.

get back together
重修舊好

原本「get together」就有「兩個人在一起」的意思。加入「back」之後，就會變成「再交往一次」的意思。

你們何不重修舊好？
Why don't you get back together?

早知道我就不該復合的。
I shouldn't have gotten back together.

get cheated on
被劈腿

「cheat（on 人）」是「（背叛某人）出軌」，「get cheated on」則是它的被動說法。「人」可以不放，但「on」一定要加。你不用想得太仔細，只要整組記下來就好。

放心，你不會被劈腿的。
You're not going to get cheated on.

你曾經被劈腿過嗎？
Have you ever gotten cheated on?

get dumped

被甩了

「dump 人」是「甩了某人」，「get dumped」則是它的被動說法，意指「被某人甩了」。在這裡「人」就不必出現。

我已經習慣老是被甩了。
I'm used to getting dumped.

我從來沒被人甩過。
I've never gotten dumped.

get half

分到一半財產

這是個簡單但有點令人髮指的片語。在美國，如果沒有事先簽署「prenuptial agreement（婚前協議）」，就算結婚時間很短，只要離婚就得跟對方對分財產。

她會拿走一半的財產嗎？
Is she going to get half?

我原本可以分到一半財產的。
I could've gotten half.

get hit on
受到追求

「hit on 人」的意思是「追求某人」，「get hit on」則是它的被動說法。在這裡「人」就不必出現。

我不介意被追求。
I don't mind getting hit on.

你曾經在職場上被追求過嗎？
Have you ever gotten hit on at work?

get led on
被玩弄

「lead 人 on」指的是「挑逗某人」、「試探某人」的意思，「get led on」則是它的被動用法。這裡「人」就不必出現，後面「on」要保留。

我不想被玩弄感情。
I don't want to get led on.

我已經厭倦老是被玩弄了。
I'm sick of getting led on.

get picked up

被搭訕

「pick 人 up」指的是「搭訕某人」，「get picked up」則是它的被動
用法。這裡「人」就不必出現，後面「up」要保留。

我不想被搭訕。

I don't want to get picked up.

我從來沒被搭訕過。

I've never gotten picked up.

get proposed to

被求婚

「propose to 人」指的是「向某人求婚」，「get proposed to」則是它的
被動用法。這裡「人」就不必出現，但一定要加「to」。最好整組記下來。

我想被求婚。

I want to get proposed to.

曾經有人向我求婚過。

I've gotten proposed to.

go out (with 人)
交往

　　這個片語原本的意思是「出門」，但也可以用作「成為情侶交往」的意思。如果主詞是複數「we / they」等等，就不需要加「with 人」；但如果是單數，「with 人」就一定要加。

妳想跟他交往嗎？

Do you want to go out with him?

我無法想像那兩個人交往。

I can't imagine them going out.

go through a rough patch
倦怠期

　　「go through」雖然有「通過」的意思，但也有「想到不好的事」的意思。「rough patch」指的是「尷尬的時期」。用來表示「曾經做過‧沒做過的事」時，「go」的過去分詞通常用「been」，但在這個片語中要用「gone」。

我無法想像我們會進入倦怠期。

I can't imagine us going through a rough patch.

你有經歷過倦怠期嗎？

Have you ever gone through a rough patch?

have a fight

吵架

不只是實際上的互毆，口頭上的爭吵也會用「have a fight」來敘述。

我已經厭倦動不動就吵架了。

I'm sick of <u>having</u> <u>a fight</u>.

我們從來沒吵過架。

We've never <u>had a fight</u>.

hit on 人

追求，勾搭

「追求」用英語講就是這麼簡單。但如果忘記加「on」，就會變成「毆打」的意思，還請務必注意。

感謝你沒有追過我。

Thank you for not <u>hitting</u> <u>on me</u>.

我沒有勾搭過同事。

I've never <u>hit on a coworker</u>.

lead 人 on
試探，挑逗

指的是明明沒那個意思，卻表現出那個樣子。「lead 人」有「引導某人」的意思，但如果加上「on」，就會變成意思截然不同的慣用語。就把它整組記下來吧。

妳最好不要讓他以為有機會。
You shouldn't lead him on.

我已經厭倦那些男人老是來試探。
I'm sick of guys leading me on.

make up (with 人)
和好

with後面連接「想和好的對象」。例如「我想和戴夫和好」，就是「I want to make up with Dave.」。

你幹嘛不跟她和好？
Why don't you make up with her?

我期待他們能和好。
I'm looking forward to them making up.

marry into money

嫁入豪門

　　直譯就是「結婚後向『錢』進」，給人一種「通往財富的入口就是結婚」的感覺。順帶一提，當「上門女婿」（娶有錢人家的女兒）也一樣用「marry into money」。

她不是打算嫁入豪門嗎？

What happened to her <u>marrying into money</u>?

唉，我原本可以嫁入豪門的！

I could've <u>married into money</u>.

marry 人 / get married

結婚

　　雖然很多人已經知道「marry」這個動詞，但使用「marry」一詞時，一定要講出結婚的對象才行。也就是說，實際使用時一定是「marry + 人」的形式。如果不提到結婚對象，就用「get married」吧。還請根據場合區分使用這兩種說法。

我想跟他結婚。

I want to <u>marry him</u>.

你打算哪時結婚？

When are you going to <u>get married</u>?

pick 人 up
搭訕

如果是「him」、「her」、「them」等等,要加在「pick」和「up」
中間;但如果是「girls」、「guys」等等,就要加在「pick up」後面。

你當初應該去搭訕她的。
You should've picked her up.

你有搭訕過女生嗎?
Have you ever picked up girls?

play games
搞曖昧

雖然打電玩或手機遊戲也稱為「play games」,但如果用在戀愛方面,
就是指「搞曖昧」的意思。這給人一種樂在其中、有點討厭的感覺。大家
還請務必坦承一點喔(笑)。

我不想跟人搞曖昧。
I don't want to play games.

我厭倦她老是亂放線了。
I'm sick of her playing games.

play hard to get

欲擒故縱

和「lead 人 on」相反，指的是「明明有意思，卻假裝沒意思」。直譯就是「假裝很難得到的樣子」，也就是「欲擒故縱」囉。

我最近都在吊他胃口。

I've been playing hard to get.

早知道就該欲擒故縱一下。

I should've played hard to get.

出去玩會用到的片語

很多出遊相關的片語都會用到「go」。有許多相似的表達，像是「go ～ing」、「go for ～」、「go to ～」等等，一口氣把它們記下來吧。所有的表現方式都已經是慣用語。

buy 人 dinner
請人吃晚餐

不只是「dinner」，也可以說「buy 人 lunch」、「buy 人 a drink」等等。「buy 人 ～」有「請客」的意思。「人」的地方可以放入「me / you / him / her / us / them」等受格。

要不要請你吃個晚餐？
Do you want me to buy you dinner?

我已經習慣他從來不請我吃晚餐了。
I'm used to him not buying me dinner.

eat in
在家吃飯

表示「在家裡吃飯」的意思，也是個常用的英語片語。

我原本打算在家吃飯的。
I was going to eat in.

你要在家裡吃嗎？
Do you want to eat in?

eat out
外食

　把「in（內）」替換成「out（外）」，就變成「外食」的意思。就像把「外食」直接翻譯過來，說法相當好理解。這在英語裡也很常用到。

我最近經常外食。
I've been eating out.

早知道應該去外面吃的。
I should've eaten out.

get a taxi
搭計程車

　描述交通手段大多會使用「get」，例如：「get the train」、「get the bus」等等。如果要更具體一點，也可以說「get the Yamanote Line」（搭山手線）。

我打算搭計程車。
I'm going to get a taxi.

我們應該要搭計程車的。
We should've gotten a taxi.

go clubbing
去夜店

這裡的「club」不是酒店，而是夜店。這裡不用加「to」，直接使用即可。「club」原本是名詞，但在這裡直接變成動詞，是個相當有趣的慣用語。

我原本沒打算去夜店的。

I wasn't going to go clubbing.

我從來沒去過夜店。

I've never been clubbing.

表達「曾經做過·沒做過的事」，就用「been」，除此之外的內容就用「gone」。

go drinking
去喝酒

這個說法很常用到。實際上有「為了喝酒而去」的感覺。如果不小心加上「to」，聽起來就會變成去了一個名為「drinking」的地方，還請務必注意。

跟他出去喝酒是什麼感覺？

What's it like going drinking with him?

早知道就不該去喝酒的。

I shouldn't have gone drinking.

go for a drive
去兜風

單看「drive」這個單字，就是「駕駛」、「開車前往」的意思。我們說的「兜風」就是「go for a drive」，也可以說成「go driving」。

我們何不去兜兜風？
Why don't we go for a drive?

我想念常開車兜風的時光。
I miss going for drives.

go for a walk
去散步

單看「walk」這個單字，就是「走路」、「步行前往」的意思。散步就是「go for a walk」，也可以說成「take a walk」或「take a stroll」。

我打算去散個步。
I'm going to go for a walk.

我喜歡散步。
I like going for a walk.

go out
出去玩

「出門」、「出去玩」的英語就是「go out」。但前面提到，戀愛中的「交往」也可以說成「go out」，即使是母語人士也有會錯意的時候。

你不打算出去玩嗎？
Do you want to go out?

我不介意出門晃晃。
I don't mind not going out.

go shopping
去逛街

如果不小心加上「to」，聽起來就會變成去了一個名為「shopping」的地方，還請務必注意。

要不要一起去逛街？
Do you want to go shopping?

我最近都沒怎麼出去逛街。
I haven't been going shopping.

go sightseeing
去觀光

很多人知道「sightseeing」這個單字，卻不知道「go sightseeing」，所以會講不出句子來。

我想去觀光。
I want to go sightseeing.

不是說好要去觀光嗎？
What happened to going sightseeing?

go to the beach
去海邊

不特指哪個海邊的時候，也要加上「the」。絕對不可以用「a」。有很多人會把「去海邊」直接翻譯過來，不小心講成「go to sea」，但這是指「船隻出航」的意思，還請務必注意。最好的做法就是把「go to the beach」整組記下來。

要不要去海邊玩？
Do you want to go to the beach?

我們原本應該去海邊玩的。
We should've gone to the beach.

go to the movies
去看電影

「the movies」在英語裡指的是「電影院」這個場所。例如「我們在電影院會合吧」，就是「Let' s meet at the movies.」。

我最近沒怎麼去看電影。
I haven't been <u>going</u> <u>to the movies</u>.

我們何不去看個電影？
Why don't we <u>go to the movies</u>?

go to the park
去公園玩

一般而言，「the」這個單字是用來表示「特定的東西」；但在這裡，即使不是特定的公園，也一定要加「the」。在英語中這樣的例外特別多，直接把片語整組記住吧。

我很期待去公園玩。
I'm looking forward to <u>going</u> <u>to the park</u>.

我們最近都沒怎麼去公園玩。
We haven't been <u>going</u> <u>to the park</u>.

go traveling
去旅行

如果要講出旅行的目的地，就不說「go traveling to ～」，而是直接說「go to ～」即可。如果不講出目的地，就說「go traveling」。這句比「take a trip」還常用。

我們打算去旅行。
We're going to go traveling.

我很期待去旅行。
I'm looking forward to going traveling.

have a party
開派對

「have a party」不是「去派對」，而是「開派對」、「舉行派對」的意思。如果要說「去派對」，那就會是「go to a party」。你可以將「party」替換成別的，例如「have a picnic（野餐）」、「have a barbecue（烤肉）」等等。

你要開個派對嗎？
Are you going to have a party?

你當初應該開個派對的。
You should've had a party.

have 人 over

邀請某人到家裡

「over here」是到這裡，「over there」是到那裡，只有「over」就是「在家裡」。例如「come over（到我家來）」、「stay over（在我家過夜）」等等。「人」的地方可以放入「me / you / him / her / us / them」等受格。

我打算叫他來我家。

I was going to have him over.

我們從來沒有邀請他們到家裡來過。

We've never had them over.

play golf

打高爾夫

所有的球類運動都用「play」，其他的運動就不一定。格鬥競技類是用「do」，「滑行類」的運動則會在後面的「戶外活動會用到的片語」為各位介紹。

我原本要去打高爾夫的。

I was going to play golf.

他最近很常去打高爾夫。

He's been playing golf.

see a band

去看live表演、樂團表演

　　「live」是個形容詞。英語中並沒有「live」這個名詞，所以不可以說「go to a live」。有很多名詞可以取代我們說的「live表演」，例如「concert」、「show」、「gig」等，但最常用的說法還是「see a band（去看live表演‧樂團表演）」。

我們打算去看live表演。

We're going to <u>see a band.</u>

你有去看過live表演嗎？

Have you ever <u>seen a band?</u>

see a movie [play]

看電影／看舞台劇

　　你要講「watch a movie」或者「see a movie」都可以。如果是看舞台劇，就說「see a play」。提到看一部電影、一齣舞台劇，可以說「see a movie」、「see a play」；不過做為一般話題提及時，就可以用複數的「see movies」、「see plays」。

你要不要去看電影？

Do you want to <u>see a movie?</u>

我喜歡看舞台劇。

I like <u>seeing</u> <u>plays.</u>

share a taxi
共乘計程車

「share」就是「分享」的意思。「分享計程車」就是「共乘計程車」。

我們何不一起搭計程車？
Why don't we share a taxi?

我不介意和人共乘計程車。
I don't mind sharing a taxi.

split the bill
平均分攤（AA制）

「bill」是帳單的意思。例如「pay the bill」就是「付帳」。「split」是動詞，表示「分開」、「裂開」的意思。

你要平分帳單嗎？
Do you want to split the bill?

不是說好要AA的嗎？
What happened to splitting the bill?

譯注：「各付各的／分開結帳」則是「separate checks」。

take 人 out
帶人出去玩

把「go out」的「go」換成「take 人」，就可以用來描述「帶某人一起出去玩」。「人」的地方可以放入「me / you / him / her / us / them」等受格。

要不要帶你一起出去玩？
Do you want me to take you out?

感謝你帶我出去玩。
Thanks for taking me out.

如同下面的例句，任何「go」都可以替換成「take 人」。

go to the beach 去海邊	➡	**take 人 to the beach** 帶某人去海邊
go drinking 去喝酒	➡	**take 人 drinking** 帶某人去喝酒
go for a drive 去兜風	➡	**take 人 for a drive** 帶某人去兜風
go sightseeing 去觀光	➡	**take 人 sightseeing** 帶某人去觀光

戶外活動會用到的片語

　　戶外活動全都是用「go ～ing」的形式。「go ～ing」有「去某處做某事」的意思，但並非所有動詞都適用這個形式。例如，我們不會說「go eating」。有很多東西都可以用「go ～ing」，且都是慣用的表現。其中也有「go drinking」、「go shopping」、「go clubbing」等非戶外活動的活動，不過只要提到戶外活動，則全都是用「go ～ing」來描述。

go bungee-jumping	去高空彈跳
go camping	去露營
go fishing	去釣魚
go hiking	去健行
go sailing	去玩帆船
go scuba-diving	去玩水肺潛水
go skiing	去滑雪
go skydiving	去跳傘
go snorkeling	去浮潛
go snowboarding	去玩單板滑雪
go surfing	去衝浪

我有玩過高空彈跳喔。
I've been bungee-jumping.

我們最近都沒怎麼去露營。
We haven't been going camping.

我想念常去釣魚的時光。
I miss going fishing.

我最近很常去健行。
I've been going hiking.

你有玩過帆船嗎？
Have you ever been sailing?

我很期待去玩水肺潛水。
I'm looking forward to going scuba-diving.

我們打算去滑雪呢。
We're going to go skiing.

你當時也該玩一下跳傘的。
You should've gone skydiving.

我想要去浮潛。
I want to go snorkeling.

要不要去玩單板滑雪？
Do you want to go snowboarding?

我從來沒有衝過浪。
I've never been surfing.

做家事時會用到的片語

與家事相關的片語，特徵是多會加上「the」。「the」帶有「如同往常」、「就是那個」的語感，在這裡用來表達「平常就有在做」、「非做不可」的感覺，最適合用來形容家事。

air out the house
讓家裡通風

這裡是將「air（空氣）」這個名詞當成動詞用。這種情況我們會說「air out」。

我喜歡讓家裡通通風。
I like airing out the house.

我們應該讓家裡通通風。
We should air out the house.

air out the blankets [comforters]
曬毯子／曬被子

這裡也是將「air（空氣）」這個名詞當成動詞用。鋪在床上、用來蓋的被子則可以稱為「comforter」或「duvet」等，有各式各樣的說法。

你何不曬個毯子？
Why don't you air out the blankets?

我無法忍受毯子沒曬。
I can't stand not airing out the blankets.

clean the house
打掃家裡

　　雖然這個說法有點籠統，但很常用。就算不是住透天而是公寓，也可以使用「house」，要替換成「apartment」這個單字也OK。「apartment」指的是公寓中的一戶。

她最近都沒在打掃家裡。
She hasn't been cleaning the house.

我無法想像他打掃家裡的樣子。
I can't imagine him cleaning the house.

do the dishes
洗碗

　　也可以說「wash the dishes」。不管哪種說法，都要加上「the」。

你可以幫忙洗個碗嗎？
Can you do the dishes?

我已經很習慣洗碗了。
I'm used to doing the dishes.

do the gardening

整理花園

「garden」也可以直接用作動詞。例如「Do you graden?（你會整理花園嗎？）」等等。不過，「do the gardening」、「do some gardining」會是更普遍的說法。

我喜歡整理花園。

I like doing the gardening.

他最近都在整理花園。

He's been doing the gardening.

do the housework

做家事

前面加上「the」，就會給人一種「非做不可」的感覺。

我好不想做家事啊。

I don't want to do the housework.

我喜歡他幫忙做家事。

I like him doing the housework.

do the ironing
燙衣服

直接使用「iron」（熨斗）這個單字。請注意發音不是「ai‧ron」，而是「ai‧uhn」。超級英雄「Iron Man」（鋼鐵人）的發音也是一樣。

我無法想像你燙衣服的樣子。
I can't imagine you <u>doing</u> <u>the ironing</u>.

我從來沒燙過衣服。
I've never <u>done the ironing</u>.

do the laundry
洗衣服

動詞一樣簡單用「do」即可。這裡也要加上「the」。

你打算哪時洗衣服？
When are you going to <u>do the laundry</u>?

我已經厭倦洗衣服了。
I'm sick of <u>doing</u> <u>the laundry</u>.

do the shopping

跑腿

「do the shopping」指的不是逛街買衣服這種快樂的購物，而是去超市等場所幫忙「跑腿」。如果是快樂購物，就用「go shopping」。

你要跟我一起去跑腿嗎？

Do you want to do the shopping together?

不是說好要幫忙買東西的嗎？

What happened to doing the shopping?

feed the dog

餵狗

英語的「feed」不存在上下關係，單純是「餵他吃」的意思。其他還有「feed the baby（餵小孩喝奶）」、「feed my family（養活家人）」等各式各樣的用法。通常會用小狗的名字取代「the dog」，例如「feed Arthur」等等。

你可以幫忙餵一下狗嗎？

Can you feed the dog?

謝謝你幫忙餵亞瑟。

Thank you for feeding Arthur.

fold the laundry
摺衣服

「fold」就是「摺」的意思。例如「摺紙」就是「Japanese folding paper」。

我不想要摺衣服。
I don't want to fold the laundry.

我已經厭倦摺衣服了。
I'm sick of folding the laundry.

get the laundry in
把衣服丟進洗衣機

「get in」是「進去某處」，「get ～ in」則是「把東西放進某處」的意思。「the laundry」要放在「get」和「in」之間。

你可以幫忙把衣服丟進洗衣機嗎？
Can you get the laundry in?

感謝你幫忙把衣服丟下去洗。
Thank you for getting the laundry in.

hang out the laundry
晾衣服

也有人會說「hang the laundry out」，不過「hang out the laundry」
更普遍。

我得晾個衣服才行。
I have to hang out the laundry.

我不應該晾衣服的。
I shouldn't have hung out the laundry.

make dinner
做晚餐

「dinner」也可以換成「breakfast / lunch」。請絕對不要加上「a / the /
my」等等。「make」也可以用「cook」這個單字取代。

要不要幫你煮個晚餐？
Do you want me to make dinner?

我最近晚餐都自己煮。
I've been making dinner.

take out the trash

倒垃圾

跟「take 人 out（帶人出去玩）」一樣是用「take」跟「out」，表示「拿到外面」的感覺。這裡也要加上「the」。

你不打算倒垃圾嗎？

Aren't you going to take out the trash?

感謝你幫忙倒垃圾。

Thank you for taking out the trash.

walk the dog

帶狗散步

如果從文法層面思考「walk the dog」，就會發現這不是「和狗一起去散步」，而是「讓狗散步」的意思。如果是有養狗的人，應該很懂。

你要帶狗去散步嗎？

Do you want to walk the dog?

我喜歡帶小狗出去散步。

I like walking the dog.

water the garden

幫花園澆水

這裡的「澆水」是把原本是名詞的「water」當作動詞使用。你也可以把「garden」替換為「plants（盆栽）」或「flowers（花）」。

你最好每天都要替花園澆水。

You should <u>water the garden</u> every day.

我們沒必要幫花園澆水吧。

We don't have to <u>water the garden</u>.

關於健康情況的片語

　　要描述健康情況，不需要用到艱澀的醫學術語。這裡列舉的表現，全都只需要相當簡單的單字，幾乎沒有你不認識的字。比起單獨記住單字，你更該想想自己是否知道這個「組合」。

lose weight
變瘦

　　你可以把籠統的「weight（重量）」換成具體的「3 kilos（3公斤）」，進一步應用。例如「瘦了3公斤」就可以說「lose 3 kilos」。此外，當你想問別人「瘦了多少？」時，就在「weight」前面加上「How much」，然後把它移到句首。

我想瘦個3公斤。

I want to lose 3 kilos.

你想減掉幾公斤？

How much weight do you want to lose?

gain weight
變胖

　　你可以把籠統的「weight（重量）」換成具體的「3 kilos（3公斤）」，進一步應用。例如「胖了3公斤」就可以說「gain 3 kilos」。

我要變胖了。

I'm going to gain weight.

我最近變胖了。

I've been gaining weight.

get rid of stress

消除壓力

「get rid of ～」有「擺脫～」、「去除～」、「丟掉～」的意思。其他的用法還有「get rid of bad luck（消災解厄）」等。

你何不嘗試宣洩壓力呢？

Why don't you get rid of stress?

我很期待能好好紓壓一下！

I'm looking forward to getting rid of stress.

go to the dentist

看牙醫

如果是看牙醫，前面一定要加「the」。雖然「去看醫生」是「see a doctor」，但換成牙醫就要說「go to the dentist」，表達方式完全不一樣，很奇妙吧！還是建議你「整組」記下來為佳。

他超不想去看牙醫。

He doesn't want to go to the dentist.

我最近經常看牙醫。

I've been going to the dentist.

go to the gym
上健身房

不管是「去健身房」、「上健身房」或是「往健身房前進」，全都可以說「go to the gym」。記得要用「the gym」。

不是說好要去健身房嗎？
What happened to <u>going to the gym</u>?

我應該早點去健身房的。
I should've <u>gone to the gym</u> earlier.

have an operation
動手術

我們常說「動手術」，所以有不少人會講成「do an operation」；但如果用「do」，就會變成「負責進行手術」的意思，自己成了外科醫師。要描述「～的手術」，就加上「on my ～」，例如「I had an operation on my leg.（我的腳動過手術」等。

他似乎想接受手術。
He wants to <u>have an operation</u>.

你曾經動過手術嗎？
Have you ever <u>had an operation</u>?

see a doctor

看醫生，去醫院

「hospital」是用來表示大型的綜合醫院。如果是在家裡附近的小診所，就要說「clinic」。不過描述「看醫生」或「去醫院」時，「see a doctor」會是更普遍的說法。

你最好去看個醫生。

You should <u>see a doctor</u>.

對於她不去看醫生，你怎麼想？

What do you think about her not <u>seeing a doctor</u>?

stay in shape

維持體態

雖然這句話常被翻成「維持體態」，但比起「體型」，更用來指「沒有缺乏運動的身體」。例如，爬樓梯時不會感到疲憊的身體。「in shape」指的是經由運動維持身體健康，「healthy」指的是經由健康的飲食（多吃蔬菜等）維持身體健康，兩者稍有不同。

我必須維持身體健康才行。

I have to <u>stay in shape</u>.

當初應該好好維持體態的。

I should've <u>stayed in shape</u>.

visit 人 in the hospital
去探病

「visit 人」是「前去拜訪某人」的意思，「visit 人 in the hospital」直譯過來就是「去醫院拜訪某人」的意思。

我可以去醫院探你的病嗎？
Can I visit you in the hospital?

我們應該要去醫院探他病的。
We should've visited him in the hospital.

work out
重訓，運動

這個片語給人「鍛鍊肌肉」的感覺，但實際上不管哪種運動都可以說「work out」。

要不要一起去運動？
Why don't we work out together?

我最近都沒怎麼去重訓。
I haven't been working out.

關於受害情況的片語

　　表達「受害」時，全都是使用「被動式」的說法。被動式就是「get + 過去分詞」，形容「被（做了某事）」的句型。反過來說，這類片語幾乎不會用到被動式以外的形式，你也不用特別想著「這裡要用過去分詞」，「整組」記下來就好了。

get mugged
遭遇搶劫

　　「mug 人」是「搶劫某人」，「get mugged」、「be mugged」就是它的被動說法。被動式的說法可以是「be + 過去分詞」或是「get + 過去分詞」，因此說成「be mugged」也可以。

被人搶劫是什麼感覺？
What's it like getting mugged?

我從來沒遇過搶劫。
I've never gotten mugged.

get conned
遭遇詐騙

　　「con 人」是「詐騙某人」，「get conned」、「be conned」就是它的被動說法，也就是「被詐騙」。

對於她遇到詐騙，你怎麼看？
What do you think about her getting conned?

你曾經被詐騙過嗎？
Have you ever gotten conned?

get groped
遭到鹹豬手

「grope 人」是「對某人伸出鹹豬手」，「get groped」、「be groped」
就是它的被動說法，也就是「遭到鹹豬手」。

我沒必要遭到鹹豬手襲擊。
I don't have to get groped.

我無法忍受有人上下其手。
I can't stand getting groped.

get pickpocketed
遭遇扒手

這也是被動的說法。「pickpocket 人」是「扒竊某人」，「get
pickpocketed」或「be pickpockedted」就是「被人扒竊」的意思。

我曾經遇到扒手。
I've gotten pickpocketed.

你有遇過扒手嗎？
Have you ever gotten pickpocketed?

get ripped off
被敲竹槓

「rip 人 off」是「敲人竹槓」，「get ripped off」或是「be ripped off」就是它的被動說法，也就是「被敲竹槓」。

我不想被當盤子。
I don't want to get ripped off.

我無法想像你會被人敲竹槓。
I can't imagine you getting ripped off.

Note :

Note :

最強英語會話30句型

口說語感立即養成！8大情境片語╳句型特製拉頁╳真人美式發音MP3，
用400部歐美電影經典台詞，練出關鍵英語對話能力！

たった30パターンで英会話！

作　者	尼克・威廉森 (Nic Williamson)
譯　者	洪玲
執行編輯	顏妤安
行銷企劃	劉妍伶
封面設計	賴姵伶
版面構成	呂明蓁
發 行 人	王榮文
出版發行	遠流出版事業股份有限公司
地　址	臺北市中山北路一段11號13樓
客服電話	02-2571-0297
傳　真	02-2571-0197
郵　撥	0189456-1
著作權顧問	蕭雄淋律師

2023年6月30日 初版一刷

定價　新台幣350元

有著作權・侵害必究 Printed in Taiwan

ISBN　978-626-361-111-5

遠流博識網　http://www.ylib.com E-mail：ylib@ylib.com

（如有缺頁或破損，請寄回更換）

國家圖書館出版品預行編目 (CIP) 資料

最強英語會話30句型/Nic Williamson 著. -- 初版. -- 臺北市：遠流出版事業股份有限公司, 2023.06 面；公分　譯自：たった30パターンで英会話！
ISBN　978-626-361-111-5(平裝)

1.CST: 英語　2.CST: 會話　3.CST: 句法

805.188　　　　　　　　　　　　　　　　　　　　112006239